行《ゆき》成《なり》想《そう》歌《か》

佐藤雫

Sato Shizuku

光文社

行成想歌

目次

装画……水口理恵子

装幀……大岡喜直（next door design）

主な登場人物

藤原《ふじわらの》行成《ゆきなり》（九七二〜一〇二七）……◆祖父と父を早く亡くし、外祖父・源《みなもとの》保光《やすみつ》に育てられる。蔵人頭《くろうどのとう》。

一条《いちじょう》天皇・懐仁《やすひと》（九八〇〜一〇一一）……◆七歳で即位した若き帝《みかど》。母は藤原詮子。

藤原定子《さだこ》（九七六〜一〇〇〇）……◆一条天皇の皇后《こうごう》（中宮《ちゅうぐう》）、藤原伊周の妹。

源 奏子《かなこ》（生年不詳〜一〇〇二）……◆藤原行成の妻。醍醐《だいご》天皇の後裔《こうえい》にあたる源氏《げんじ》の姫。

藤原道長《みちなが》（九六六〜一〇二七）……◆藤原詮子の弟、藤原彰子の父。

藤原彰子《あきこ》（九八八〜一〇七四）……◆藤原道長の娘。

藤原伊周《これちか》（九七四〜一〇一〇）……◆関白藤原道隆《みちたか》の嫡男《ちゃくなん》、藤原定子の兄。

清少納言《せいしょうなごん》（生没年不詳）……◆藤原定子に仕える女房《にょうぼう》。

藤原詮子《あきこ》（九六二〜一〇〇一）……◆一条天皇の生母（皇太后《こうたいごう》）、藤原道長の姉。

花山《かざん》法皇（九六八〜一〇〇八）……◆一条天皇の従兄《いとこ》で先代の天皇。十九歳で剃髪《ていはつ》して仏門に入り退位。

序章

花に会う

桜が人になったなら、きっとこんな人だろうと思った。

少女は、風に舞う花びらを受けとめようと、薄紅色《うすべにいろ》の袖《そで》を大きく広げている。悪戯《いたずら》っぽい目で花の梢《こずえ》を見上げて、風が吹くたびに花びらを追う姿は、踊っているようにも見えた。揺れる黒髪にも、花びらが、ひらり、と舞い落ちていく。

その姿に、行成《ゆきなり》は、立ち尽くしてしまった。

元服《げんぷく》をして従五位下《じゅごいのげ》を叙位された行成は、この日、初めて時の帝《みかど》、花山帝《かざんてい》に謁見《えつけん》したところだった。

母方の祖父、源《みなもとの》 保光《やすみつ》に連れられて、帝の御座所《おましどころ》がある清涼殿《せいりょうでん》を退出した行成は、祖父の背中を追いかけながら、改めて、ここが平安京《へいあんきょう》の宮殿、内裏《だいり》かと、あたりを見回していた。

先ほど謁見した花山帝は、御簾《みす》の奥に座していて、その姿は影のようにしか見えなかった。「主上《おかみ》は気難しい御方《おかた》」と、祖父から聞いていたから、粗相《そそう》のないようにと、そればかりを気にしていた。ようやくその緊張から解き放たれて、浮きたつ心が抑えられなかった。

どこからともなく舞い込んだ花びらに目を奪われて、気づいた時には祖父の背中を見失っていた。数多《あまた》の殿舎《でんしゃ》が渡殿《わたどの》で繋《つな》がっている内裏は、まるで迷《まよ》い路《じ》のようだ。早く祖父を見つけねばという焦《あせ》りで、右も左もわからぬまま進んでいくうちに、すっかりわからなくなってしまった。

その時、廊《ろう》の先の庭に、花びらと戯《たわむ》れる少女の姿を見たのだった。

立ち尽くす行成の視線に気づいたのか、少女がこちらを見た。どきりと胸が鳴った行成に、少女は微笑《ほほえ》んだ。

「見慣れない顔ね」

少女の臆《おく》することのない声に、行成はどぎまぎと返す。

「……昇殿《しょうでん》したばかりだから」

少女は、十五歳の行成よりも年下に見える。しかし、場慣れした様子や元服している行成に対して遠慮を見せぬ態度から、それなりの立場の姫君だと察せられた。少なくとも、女官《にょかん》や女童《めのわらわ》といった宮中に仕える者ではなさそうだ。

(内親王《ないしんのう》……？　でも、主上の御年《おんとし》は十九と聞く)

この少女は、十か十一といったところだろう。

それならば、花山帝の女御《にょうご》、つまり妃《きさき》の一人か？　とも思ったが、それには幼すぎる。

袖を広げていた薄紅色の衣は、幼い子が纏《まと》う汗衫《かざみ》で、前髪のある姿からも、成人の儀である裳《も》着《ぎ》はまだ済ませていないとわかる。

「あなた、名は何というの？」

少々生意気《なまいき》な態度が気になったが、相手は誰かもわからない。身分の高い大臣《おとど》や公卿《くぎょう》の姫君だとしたら失礼があってはならない。慎重に答えた。

「藤原行成《ふじわらのゆきなり》、と申します」

「ふうん、初めて聞いた名」

初めて聞いた名、という言葉がちくりと刺さる。

行成自身、己《おのれ》の置かれた立場が、この内裏においてどれほど弱いものかは重々承知している。

そもそも、母方の祖父に連れられて昇殿している時点で、父親のいない不遇をひしひしと感じた。

（もし、父が生きていたら……）

行成の父は、藤原義孝《よしたか》。円融《えんゆう》帝の御代《みよ》に摂政《せっしょう》であった藤原伊尹《これまさ》の息子だ。血筋からいえば、行成は名門、藤原氏の嫡流《ちゃくりゅう》として、華々しく昇殿をしていたはずだ。

だが、父とは三歳の時に死別。元服した時には、行成の置かれた立場はすでに藤原氏の傍流《ぼうりゅう》だった。今では、藤原伊尹の弟、藤原兼家《かねいえ》の家系が嫡流として昇進栄華の階《きざはし》を昇っている。

この先、行成が官位の上で、彼らを追い越していくことは、父親という後ろ盾《だて》がない以上、無理だとわかっている。生涯、平安京の片隅で、細々《ほそぼそ》と貴族の生活を保てればいい方だろう。

「ゆきなり、どういう字を書くの」

「字？」

「そう、あなたの名は漢字でどう書くの。私、今、邸《やしき》で漢詩を学んでいるのよ」

変わっているな、と思う。漢字は男の文字だ。女子《おなご》で漢詩を学ぶなど、あまり聞いたことがない。

戸惑う行成に構うことなく、少女は小枝を拾って手招いた。

「ねえ、早く。ここに書いて見せて」

庭の白砂《はくしゃ》に、字を書けという。少女の押しの強さにやや気圧《けお》されるが、断る理由も見当たらない。行成は言われるまま庭先に下りた。

少女は嬉《うれ》しそうに小枝を「はい」と渡す。行成は黙って受け取ると、白砂に名を書いた。

行、成、と一文字ずつ書くと、少女はじっとそれを見つめていた。

「こうぜい」

少女の呟《つぶや》きに、驚いた。漢字を音《おん》で読めるのか。相当、学んでいる証《あかし》だ。

「行《ゆ》く春の〈行〉に、名を成《な》すの〈成〉、いい名ね」

いったい、この子は何者だ。と困惑しながら見やると、少女はにこりと笑んで言った。

「それに、美しい字」

「え……」

こんなに真っ直《す》ぐに人から褒《ほ》められたのは、初めてだった。

祖父、源保光の邸で育った行成は、兄弟もおらず、一人で過ごすことが多かった。もちろん祖父は行成のことを大切に育ててくれたから、寂しくはなかった。けれど、その慈《いつく》しみの中には、いつも、父親を失った孫への憐《あわ》れみがあった。その憐れみを感じ取るたびに、この不遇は、影となって、この先も延々と身について回るのだという現実を悟った。

保光は若い頃、大学寮《だいがくりょう》で文章生《もんじょうしょう》として漢学、史学、故事などを学んでいた。ゆえに邸には書物が多く、おのずと、祖父の部屋に入ってはそれらに触れていた。気づけば、書が友であり兄のような存在になっていた。

古《いにしえ》の筆跡を指でなぞり、誰が教えるでもなく筆を持っていた。字が上手《うま》くなりたいというよりも、純粋に、筆を持って書写するのが楽しかった。筆を持っている間だけは、己の身につきまとう影を忘れられたから。

思いがけず、少女から字を褒められて、何と答えていいかわからずにいると、少女は憚《はばか》ることなく、真正面から行成に顔を寄せた。少女の前髪が、行成の鼻先に触れるのではないかと思うほどの近さに、思わず息が止まりそうになる。少女は、まじまじと行成を見つめたまま言った。

「美しい字を書くから、見目《みめ》も綺麗《きれい》なのかしら」

その言葉に、本当に息が止まった。

固まったままの行成の手から、少女は枝を取り上げて言った。

「そうだとしたら、私も、もっと字を上手になりたいな」

少女は、ひらりと行成から離れると、枝で地面に字を書いて見せた。少女の顔が離れてくれた安堵《あんど》の息を吐いて、行成はそれを読んだ。

「定《てい》、子《し》?」

少女は、頷《うなず》いた。

「そう、私の名は藤原定子《さだこ》」

行成はその名に「あっ」と声を出した。今を時めく右大臣《うだいじん》藤原兼家の嫡男道隆《みちたか》の娘だ。つまり、藤原氏の頂《いただき》に立つ姫、といっても過言ではない。少々生意気で、可憐《かれん》な高慢《こうまん》さも、それですべてが納得できた。

次の帝となる東宮《とうぐう》、懐仁《やすひと》親王の妻とするために、道隆邸《てい》には学者や才女が呼び集められ、男子にも劣らぬ教養を身に付けさせているという噂《うわさ》は、行成も聞いたことがある。

「今日は、東宮様の殿舎で、春の宴《うたげ》があって、父上様と内裏にきたの」

悪戯っぽい目が、花の梢を見上げる。

「今年の桜は早咲きだこと。きっと、私が東宮様のお妃に選ばれるために花開いたのね」

そんな自信に満ちた言葉を、笑顔で言えてしまう。羨《うらや》ましいほどの煌《きら》めきを、定子はその身に纏っていた。

七歳の東宮、懐仁親王の姿を、行成は見たことがない。これから先、藤原の傍流として生きていく己が、お目にかかれるのかさえわからない。花の下で行成の字を美しいと言ってくれた少女は、その懐仁親王の妻になるのだ。

陽光に舞い散る花びらが、なんだかとても眩《まぶ》しくて、行成はそっと目を細めた。

花山帝が突然の譲位をして、懐仁親王が一条帝《いちじょう》となったのは、その年の六月のことだった。

七歳の幼帝の即位に、世の人々は驚くばかりだったが、行成が感じた心の揺らめきは、それとは少し違っていた。

(あの子は、皇后《こうごう》になるのか)

本当に、桜が人になった気がした。

遠くて、儚《はかな》くて、けっして手の届かない少女だったのだ、と。

第一章

竜顔を仰ぐ

一

また、腹が痛み出す予感がする。

内裏を退出して、三条《さんじょう》の自邸に戻る道すがら、行成は狭い牛車《ぎっしゃ》の中で眉根《まゆね》を寄せて、お腹《なか》に手を当てた。早く邸に戻って装束《しょうぞく》を解《と》きたい。

内裏に参内《さんだい》する際の正装、束帯《そくたい》は、とにかく重い。小袖、単《ひとえ》、長い裾《きょ》のついた下襲《したがさね》を重ね、絹地の縫腋袍《ほうえきのほう》を纏う。袴《はかま》は大口袴《おおぐちばかま》、表袴《うえのはかま》と二枚重ね、足には襪《しとうず》をはいている。さらに、石帯《せきたい》で腰を締めた上に平緒《ひらお》をつけて、飾太刀《かざりたち》を佩《は》く。

成人の儀である元服をして以来、幾度となく着ているとはいえ、重いものは、重い。

しかし、この腹痛の原因は、束帯の重みではなかった。とにもかくにも、言いようがないくらいに、今、不安なのだ。

（本当に、私でいいのだろうか）

先ほど、帝の御座所がある清涼殿において、任官の儀、秋の除目《じもく》が行われ、行成は蔵人頭《くろうどのとう》に任じられた。

蔵人は、帝の側近として、宮廷諸事に関わる官職である。その蔵人たちを束ねる長官が蔵人頭だ。将来を期待された若き公達《きんだち》が担《にな》い、蔵人頭を経《へ》て、高位の官職へと昇進していくのだ。

行成も齢《よわい》二十四。蔵人頭に任官されるには適齢か、あるいは少し遅いくらいだろう。

「いや、年齢が不安なのではない。どうして私なのか、という」

牛車に同乗する者もおらず、つい、心の声が出てしまう。

前任者の 源 俊賢《みなもとのとしかた》が参議《さんぎ》に昇進し、その後任として藤原行成が指名された。それ自体は、とてもありがたいことである。だが、喜びよりも不安の方が大きい。

けっして器用とは言えぬのに、蔵人頭などつとまるのだろうか。

「ううむ」

揺れる牛車の車輪のきしみに、唸《うな》り声を紛《まぎ》らわした。だが、牛車の脇を騎馬で付き従う惟弘《これひろ》に、気取《けど》られてしまった。

「いかがなさいましたか」

牛車に掛けられた御簾越しに声をかけてくる。

「いや、なんでもない」

「さては、また腹痛でございますか」

惟弘は行成と同い年の乳母子《めのとご》だ。幼き頃から従者をしているだけあって、行成の声で体調がわかるらしい。

「此度《こたび》の任官、大変な栄誉にございましょう。何を腹痛になる理由がございますか。これでようやく行成様も本来のお立場に合った官職になられ、この惟弘、まことに嬉しゅうございますぞ」

もし、父が生きていたら。と、今まで、惟弘に愚痴《ぐち》をこぼしたことがないわけではない。

血筋からいえば、蔵人頭への推挙は妥当だろう。というか、本来なら、名門、藤原氏の嫡流として、二十四にもなれば蔵人頭どころか、参議、中納言《ちゅうなごん》、大納言《だいなごん》、大臣、と昇進して、輝かしい立場にいたはずだ。

「行成様は、お父上様を早くに亡くしたばかりに……と思うと、この惟弘、乳母子として、まこと口惜《くちお》しい日々にございました。今年に入って、お母上様と保光様までもが、立て続けにお亡くなりになり、もう、行成様の前途はどうなることかと案じておりました」

目元を拭《ぬぐ》う惟弘に、行成は「そうだな」と深い吐息《といき》とともに応《こた》えた。

今年の正月、行成は母を病で失った。さらに五月には、その悲しみも癒《い》えぬ間に、唯一の後ろ盾であった、祖父の源保光が疫病《えきびょう》に侵された。そして発症してわずか数日ばかりで、保光は帰らぬ人となってしまったのだ。

残された行成の官位は、従四位下《じゅしいのげ》、官職は備後権介《びんごのごんのすけ》。つまり、現地に赴《おもむ》くこともない遥授《ようじゅ》の国司《こくし》。官位に応じた位禄《いろく》はもらえても、仕事はほぼなかった。

「だが、それはそれでいい、と思っていた」

「は？」

惟弘に頓狂《とんきよう》な声を上げられて、少々むっとして言った。

「たとえどんな立場であろうと、病に侵されれば命を落とす。それを目《ま》の当たりにして、官位栄達など、どうでもよくなったのだ」

近親を失った行成の心情を慮《おもんぱか》ったのか、惟弘は黙した。行成は、言った。

「私は、妻と子と、つつがなく暮らせればそれでいい」

「痛むお腹も、北《きた》の方《かた》様にさすってもらえば、すぐに治りますしな」

惟弘の言いように、行成は、気恥ずかしく「ふん」と鼻で返す。

北の方、とは行成の正妻のことだ。正妻は、邸の北の対屋《たいのや》に居室を持つ習《なら》わしがあり、北の方と呼ばれる。

(奏子《かなこ》なら、この任官を何と言ってくれるだろう)

四歳年下の妻、奏子は、遡《さかのぼ》れば醍醐《だいご》帝の血を引く源氏《げんじ》の姫君。行成の母方の祖父が源氏という縁から、行成が十八歳の年に夫婦《めおと》になった。

初めて対面した夜、行成が名を問うと「奏子」と答えるその声が、本当に笛を奏でるように可《か》愛《わい》らしかったのを、今でも覚えている。

夫となった行成が、藤原氏の傍流でくすぶる男であっても奏子は微笑んでいた。その笛を奏でるような声で「そういうこともありましょう」と言われると、なんだかこちらも心がほぐれて、あらゆる思い煩《わずら》いも、お腹の痛みも、やわらいでしまうのだ。

（あとどれほどで邸に着くだろうか）

手にした笏《しやく》で牛車にかかる御簾をそっとめくる。牛車は、大内裏《だい》の正門である朱雀門《すざくもん》から延びる朱雀大路《おおじ》を下り、三条大路で曲がったところだった。神事を行う神泉苑《しんせんえん》の前を通り過ぎれば、ほどなく奏子の待つ三条の邸が見えてくる頃だ。

夕陽《ゆうひ》に染まる三条大路は、他にも牛車が通り過ぎ、帰路につく庶人《しょじん》の話し声や笑い声も響いている。母親に手を引かれる幼子《おさなご》、吠《ほ》える子犬、荷を背負った男は足早に通り過ぎ、僧侶と供の童子《どうじ》はどこかの邸に祈禱《きとう》にでも行くのだろうか。萎烏帽子《なええぼし》の若者たちは、何の話で盛り上がっているのか大笑いしており、その横を通り過ぎる市女笠《いちめがさ》の女人《にょにん》が怪訝《けげん》そうにそちらを見やる。

（この路《みち》を行く者たちは、私の悩みなど知る由《よし》もないのだろう）

行成だって、路を行く者たちの思いはわからない。あの大笑いしている若者にも、人にはわかってもらえぬ悩みや秘密もあろう。そうやって、人も時も、通り過ぎていく。

一つ息を吐いて空を見上げれば、茜《あかね》色の陽光に、ちぎれ雲が流れている。

歌心があれば、ここで美しい歌でも詠《よ》むのだろうけれど、行成は歌が下手《へた》だ。字は上手いのに歌が下手だと笑われるのがいやで、今までの人生で恋文らしい恋文を書いたこともない。家同士が決めた奏子との婚姻以外で、女人と関わったこともない。

「綺麗な空だな」

と、心に浮かんだままの言葉を呟くことしかできぬ己に、そっとため息を漏《も》らす。

ほどなくして、牛車は邸に到着した。

「ご到着にございます」

惟弘の声に「うむ」と頷く。車宿《くるまやどり》に牛車を入れる従者たちをねぎらって、邸に上がった。

渡殿を進み、居室に向かう。釣灯籠《つりどうろう》に、家人《けにん》が火を灯《とも》している。家人は主人の帰宅に気づくと、手を止めて一礼した。

居室に入ると、萌黄《もえぎ》色の衣を重ねた袿姿《うちきすがた》が見えた。その後ろ姿で、奏子だとすぐにわかった。

(庭を眺めているのだろうか)

奏子は庭に面した廂《ひさし》の間《ま》に座している。傍《かたわ》らには、籐籠《とうかご》が置かれている。

行成の姿に気づいた奏子が振り返り「おかえりなさいませ」と微笑んだ。床にふわりと広がる襲《かさね》の色目は、まるで秋野《あきの》に咲く女郎花《おみなえし》のようで、よく似合っていると思う。

「美しき夕映《ゆうば》えを、薬助丸《やくじょまる》と一緒に眺めておりました」

「そうか」

籐籠には、昨年生まれた男子、薬助丸がいた。籐籠の中から、目をぱちぱちとさせて行成を見つめている。

行成は束帯姿のまま、薬助丸を間に挟んで奏子の隣に座した。先ほどまで、あれほど脱ぎたかった束帯だが、今はこの二人とともに夕空を眺めていたかった。着替えている間に、この美しい空色も、時とともに夜の闇《やみ》に変わってしまうだろう。

薬助丸の黒目がちの眼《まなこ》と視線を合わせると、赤子の口元が笑った。その桃色の口から垂れた涎《よだれ》を、奏子が優しく手巾《しゅきん》で拭う。

こういうささやかなひとときが好きだった。奏子と愛児の隣に座しただけで、腹痛も落ち着く。

ふう、と息をついた行成を、奏子がすぐに窺《うかが》った。

「内裏で、何か？」

奏子も、今日が秋の除目であることは知っている。閑職に任じられて落ち込んでいるのか、と案ずる様子だ。行成は、そうではなくて、と首を振ると言った。

「それが、蔵人頭に任じられたのだ」

「くろうどの……蔵人頭にございますか。それは、まことにおめでとうございます！」

「そう、思うか？」

行成は眉根を寄せて見やった。

「……？」

「まこと、めでたいと思うか？」

「行成様は、蔵人頭になりたくはなかったのですか？」

真面目《まじめ》に問いかける奏子に、行成は「なりたくなかったわけではない」と正直に返す。

「なりたくなかったわけではないが、昨今の内裏においては、なりたくなかった」

行成の言い分に、奏子はきょとんとしたが、ややあって合点《がてん》したように言った。

「内大臣《ないだいじん》の伊周《これちか》様と右大臣の道長《みちなが》様のことにございますか」

「……うむ」

今の内裏は、すこぶる殺伐《さつばつ》としていた。

事の始まりは、今年の四月。関白《かんぱく》、藤原道隆の病死から始まった。

関白職は、成人した帝の政《まつりごと》を補佐する最高官職。その関白の後任をめぐり、内大臣藤原伊周と右大臣藤原道長が睨《にら》み合う日々が続いていた。

「先日も、内裏で伊周殿と道長殿が口論している姿を見かけたばかりよ」

「まあ、何の口論を？」

「知らぬ。ただすれ違うだけでも厭《いと》うている二人のこと、些細《ささい》なことであろうよ。おまけに口論の末、伊周殿が道長殿に摑《つか》みかかったものだから騒然とした。あれでは、公卿の威厳もなにもあったものではない」

「いい年をした大臣が、まるで童のようにございますね」

奏子の言い方に「それよの」と苦笑いしてしまった。

内大臣伊周は、四月に没した関白道隆の嫡男。そして、帝の后《きさき》、中宮《ちゅうぐう》定子の兄だ。中宮とは皇后の地位を指す、いわば帝の正妻だ。帝は十六歳という若さもあってか、いまだ定子以外を入《じゅ》内《だい》させていない。文字通り一身に寵愛《ちょうあい》を受ける中宮定子の兄として、伊周は当然のごとく、次の関白任官を自負していた。

ところが、帝の生母である皇太后詮子《こうたいごうあきこ》が、それに難色を示した。

年齢も経験も浅い伊周よりも、道長の関白任官を推挙したのだ。道長は、皇太后詮子が最も頼りにしている実弟だった。

「官職の上で、右大臣の道長殿が上位にあることも、伊周殿は気にくわないのであろう」

「このまま道長様が関白となられるのでしょうか」

「それは、帝たる主上がお決めになること……とはいえな」

聡明《そうめい》な帝と話には聞くが、七歳で即位しただけあって、母親の皇太后詮子の意に反したことはない。行成は腕を組んで言った。

「内裏では皆、皇太后様を後ろ盾とする道長殿が有力だと言っておる」

「それで、行成様は、どうお思いなのですか？」

「どう、とは？」

「伊周様と道長様、どちらの方が行成様のお心に適《かな》う御方なのですか」

「それは……」

正直なところ、どちらでもよかった。

というか、どちらも苦手な人柄だった。

伊周は、纏う衣も言動も、すべてが煌めいている。中宮定子の兄として、内裏の後宮《こうきゅう》にも堂々と出入りして、彼の行く先々では女人たちの華やいだ声がする。行成とは住んでいる世が違う、と言えばいいのだろうか。とても話の合う相手とは思えない。

それに比べると道長の方は、年上ということもあるが、かなり落ち着いている。行成自身、漢詩の会などで意見を交わしたことは一度や二度ではない。だが、穏《おだ》やかなようでいて、しっかりと相手の言動を覚えている。ようは、根に持つ人なのだと思う。

「どちらとも、できうることならば、関わりたくない」

「まあ」

「それなのに、蔵人頭に任官された」

「それはつまり、伊周様と道長様と関わらぬことは、もはやできぬ、ということですね」

「ああ、また腹が痛くなってきた」

蔵人頭は、帝の召しがあればすぐに参内せねばならず、政の場では諸臣《しょしん》の意見を帝に取り次ぎ、時に、折衝《せっしょう》役をも担う。さらには、中宮、皇太后はむろんのこと、後宮の女官、后に仕える女《にょう》房《ぼう》たちとも臆せず付き合わねば、仕事にならぬ。

「私は、官位栄達などより、このまま奏子とつつがなく暮らせればそれでいいのに」

行成の弱気な発言に、奏子は背に手を当てて、励ますように言った。

「ですが、行成様のお人柄なら、成し遂《と》げられましょう」

「そうだろうか」

奏子は頷く。行成は、腹をさすりながら言った。

「そもそも、なぜ、私なのだろうか。他に、適任の者がおらぬゆえ、としか思えぬ」

「他に適任の者がおらぬ、とは?」

蔵人頭は、家柄も能力も満たした、将来を期待された者が任官される職。

だが、己がその条件に合うから選ばれた、とは思えない。

「疫病で多くの者が亡くなったがゆえ、ではないかと」

祖父、源保光の命をも奪った疫病のことを言った。その凶事は、九州から始まって、瞬《また》く間に諸国に広がった。

発熱と咳《せき》、といった風邪《かぜ》のような症状が出たと思ったら、数日後には高熱となり、体中に赤い発疹《ほっしん》が出る。凄《すさ》まじい勢いで都に蔓延《まんえん》して、身分の上下、老若男女問わず病に侵され、一時期は、捨てられた屍《しかばね》で堀川《ほりかわ》の水が溢《あふ》れるほどだった。

都を襲う災厄を払うべく、長徳《ちょうとく》と改元されたが、その効は虚《むな》しく、わずか数か月の間に、政を担う高官の多くが病死した。左大臣、右大臣、大納言、中納言、と続々と高官が病死する異常な事態に、内裏は大混乱に陥った。

閑職であった行成には、内裏の混乱など関わりのないことだった。というか、構っている余裕などなかった。母を失い、祖父を失い、もし、奏子までもが疫病に侵されたならば……と、考えるだけでも恐ろしかった。頼むから、奏子にだけは疫病が襲いかからないでくれと、そればかりを神仏に祈る日々だった。

ようやく疫病が去った今、欠員となった官職を埋めるべく、周囲の者は次々と昇進していた。その流れで、行成の蔵人頭任官も決まったのだろう。

すると、奏子は問い返した。

「それならば、伊周様も道長様も、同じではないのですか？」

「同じ？」

「お二人とて、疫禍ゆえ、ご昇進されたようなものでしょう？」

「それは……そうかもしれぬな」

奏子はにこりと笑む。行成もふっと笑ってしまった。

（やはり、奏子と話すと、心がほぐれる）

だが、蔵人頭は多忙を極める要職だ。つとめは昼夜を問わず、休む暇などないだろう。これから訪れる目まぐるしい日々を想像して、籐籠でうとうとしている薬助丸を見やる。こうして、奏子と薬助丸と過ごす時も、削られてしまうのだろう。

そう思うと、閑職でいたままの方がよかった。しかし、父親の官職が子の将来に深く関わる世だ。それは自身がひしひしと感じてきたこと。今、蔵人頭として実績を積んで昇進していくことは、妻と子のためにもなるのだ。

行成は、呟いた。

「蔵人の頭、と書いて、苦労人の頭、と読む……か」

「ならば存分に、ご苦労なさいませ」

行成は奏子を見やった。奏子は、夕空に視線を移して続けた。

「たとえ、あなた様の周りがどう変わってしまおうと、私は変わらぬまま、ここにおりますから」

「奏子……」

奏子の視線を追いかけて、行成も夕空を見た。茜色から紫色へ、そして夜の闇へ、刻々と変わりゆく空色は、ため息を一つついている間にも、水に流した染め色のごとく変化していった。

二

行成が内裏で与えられた宿所《しゆくしよ》は、作物所《つくもどころ》の北面《きたおもて》だった。

蔵人頭は多忙ゆえ、出仕したらそのまま宿直《とのい》となることも多いという。

「行成様には、以後、作物所を宿直所としていただきます」

案内《あない》する若者は、蔵人の装束である青色の袍を纏っている。この青色の袍を纏った蔵人たちは、行成の直属の部下ということ。とはいえ初対面である。行成は気を遣いつつ、尋ね返した。

「蔵人所が宿直所ではないのか」

「あそこは、我々、蔵人どもが大勢いて、昼夜問わず出入りが多いですから、お休みになられるにはうるさい場所かと」

「そうなのか」

「ご安心なさいませ、蔵人所と作物所は、隣の殿舎にございますれば」

「しかし、作物所には、作物所の役人がおるであろう」

作物所は、宮中で用いる調度品を管理する役所だ。

「たしか、行成様が作物所別当《べっとう》も兼任されると聞いておりますが」

「そうなのか?」

初耳だ。たしかに、作物所は蔵人所の所管ゆえ、蔵人頭が作物所の役職を兼任しても差し支えはないのだろう。

(とはいえ、それだけ、要職を担う者が足りないということなのか)

疫禍ゆえの、欠員補充としての任官。

蔵人頭の任官理由を思い出して、また気が重くなる。

宿直部屋は、綺麗に掃き清められ、几帳《きちょう》や厨子棚《ずしだな》、円座《わろうだ》、脇息《きょうそく》や灯台《とうだい》など、寝食に必要な調度は一通りそろっていた。あとは、使っていくうちに必要なものは、その都度、邸から取り寄せることになるのだろう。内裏における行成の休息所であり、更衣所でもある居室が、ある程度整っていることに、まずは一息ついた。

「それでは、失礼いたします」と案内の蔵人が一礼して退出する。

宿直部屋で一人になって、ふと、頬《ほほ》にささやかな風を感じた。視線を移すと、開け放たれた半《は》蔀《じとみ》の隙間から、狭い庭が見えた。そこには、風に揺れる女郎花《おみなえし》の花がひっそりと咲いていた。

可憐な萌黄色に、三条の邸で微笑む奏子の姿を重ねてしまった。


そうして、行成が蔵人頭として、初めて帝に文書《もんじょ》を奏上《そうじょう》する日がきた。

早朝、大門開鼓《おおもんかいこ》の音とともに、出仕する官人《かんにん》たちが続々と参内しはじめる。行成も束帯姿で、清涼殿に向かった。

まずは、清涼殿の殿上間《てんじょうのま》に入る。天皇の御座所がある清涼殿に昇殿することができるのは、官位が五位以上の者に限られている。総じて殿上人《てんじょうびと》と呼ばれている者たちの詰め所が、この殿上間だった。

殿上間に入ると、目の前の光景に足が竦《すく》みそうになった。

白壁に囲まれた縦長の部屋はそう広くはない。そこにひしめくように居並ぶ公卿たちの視線が、一斉に行成に注《そそ》がれたのだ。

部屋には台盤《だいばん》と呼ばれる細長い机が置かれ、その周りを囲むように公卿たちが束帯姿で居並んでいる。その光景自体は、普段と何ら変わりはないのだが、新任の蔵人頭、藤原行成の初奏上、と聞いてなのか、いつも以上に多くの殿上人が集《つど》っていた。

その中には、内大臣伊周と右大臣道長もいた。

先日の口論もあったからか、二人は離れた場所に座している。その距離が、二人の間の溝《みぞ》なのだろう。互いに黙殺し合っているのは見て取れる。

行成は、余計なことで目立たぬようにと、身を縮《ちぢ》めるように隅《すみ》に控えた。

辰《たつ》の刻《こく》、白壁で仕切られた殿上間には、まだ朝陽は射《さ》し込まない。秋の朝の冷たさが、ほの暗い殿上間に漂っている。

初めての奏上は、越前国《えちぜんのくに》の交易に関する解文《げぶみ》だった。解文は、諸官や、寺社、個人などから上申された文書のことだ。諸官庁を経て、最終的な裁断を仰ぐために蔵人頭が帝に取り次ぐのである。

(主上は、どのような御方なのだろう)

今までも儀式の場などでその姿は拝したことがある。だが、それは遠くから見ていただけのこと。直《じか》に言葉を交わしたことなど、今まで一度もない。七歳で即位した頃は、生母である皇太后詮子にぴたりと添っていた幼帝だった。だが、今はもう十六歳。己の意思は、はっきりと示せる年齢だ。

(もし、私のことがお気に召さなかったとしたら)

悪いことを想像するのはやめよう、と気持ちを切り替える。

「これを文挟《ふみばさみ》に挿《さ》して、殿上間から出て、年中行事御障子《ねんじゆうぎようじのみしようじ》の前に跪《ひざまず》いて……」

奏上の手順を呟いてみる。だが、声に出すとかえって緊張で胃の腑《ふ》が上がってきそうだった。
帝に文書を渡すために使う文挟は、先端が文を挟める形状をした細長い棒だ。直接手渡しすると
とは畏《おそ》れ多いとされ、これを用いて捧《ささ》げ渡すのだ。
(手が震えて、端に挿した文が落ちそうだ)
緊張のあまり行成の手は震えている。細長い棒の形は、とても頼りなかった。御前《みまえ》で文をぽろ
りと取り落として慌てて拾う無様《ぶざま》な姿を、公卿たちが嗤《わら》う光景が目に浮かぶ。
(万が一、不手際があっては……)
内裏においては、手順がすべてだ。装束や持ち物はもちろんのこと、どこまで歩み出て、どこ
で跪き、どこから帝の顔を拝し、どのように文書を読み上げ、どこで引き返すか。立ち居振る舞
い一つ一つが、事細《ことこま》かに決まっている。それら一連の儀が、漏れなく、滞りなく行われることで、
平安に世が治められている証となるのだ。もし、一つでも誤れば、見苦しきこととして失笑され
るだけならまだしも、失脚させられることとすらある。
「束帯の裾を踏んで転ぶでないぞ」
不意に背後から、誰ともわからぬ声がかかる。と同時に、小さな笑い声も起きた。行成の緊張
を愉《たの》しんでいるのだろう。
気にするな、構うな、と己に言い聞かせる。動揺したら、覚えた手順が吹き飛んでしまいそう
だった。

「今、申したのは誰か」

不意に、伊周の声がして驚いた。皆、伊周が咎《とが》めるとは思っていなかったのか、気まずそうに互いに目配せをしている。

伊周は、行成に流し目を送ってくる。貴公子という言葉がまさに似合う振る舞いだった。

「行成殿の蔵人頭の任官、大いに期待しておる。戯《ざ》れ言《ごと》を申した者は、この伊周を侮辱《ぶじょく》したも同じと心得よ」

思いがけない援護に、行成は目礼で返す。彼に好意を寄せる女人なら、蕩《とろ》けんばかりの心地になるのであろうが、行成は、頼むからこれ以上、誰も絡《から》んでくれるな、という思いしかない。伊周は、さらに言った。

「我が妹、中宮定子様も、そなたの任官を、まことに喜んでおるぞ」

「は……」

伊周としては、中宮定子の兄であることを誇示する言動なのであろう。だが、行成はその言葉にわずかばかり胸が鳴った。

花びらを受けとめようと、薄紅色の袖を広げていた少女の姿を思い出したのだ。

(あれは、いつのことだっただろう)

先の帝、花山帝の御代のことだった。あれから、定子に会ったことも、その姿を見たこともない。遠い春の日に、ほんの少し言葉を交わしただけのこと。

〈こうぜい〉

行成の書いた名を、音で読んだ。悪戯っぽい目をした少女は、今も、行成のことを覚えているのだろうか。

だが、そんな淡い想《おも》いは、道長の声にかき消された。

「聞き捨てならぬな、伊周殿」

周囲が一斉に道長の方を見た。道長は不機嫌そうに言った。

「それは、行成殿の任官が、中宮様の口添えがあってのこと、ということか」

行成は目を丸くした。違う、とつい首が横に動いてしまう。

(そんなことは、心当たりがない)

新任の蔵人頭は伊周と定子の寵臣、などと誤解されてはたまったものではない。他の殿上人たちも、道長と伊周をちらちらと見やっている。またしても、先日のような口論に発展するのでは、とひやひやしているのだろう。

伊周も、はっきり否定してくれればいいものを「それはどうかな」と含んだ笑みを見せて言った。

「皇太后様のお口添えがあって、右大臣に任官されている道長様が、何かをおっしゃることができるお立場でしょうか」

その言葉に、道長は押し黙った。周囲は互いに目配せをし合うばかりで、誰も介入しようとはしない。

（だから、殿上間は苦手なのだ）

行成は痛み出しそうな腹にそっと手を当てる。視線が合っただけで、互いの意思を確認し合わねばならぬような、あるいは、些細な言動で己の立場が確定してしまうような、そういう目に見えぬ攻防から、できうる限り、無縁な場所で生きていたかったのだ。

（ああ、今すぐ三条の邸に帰りたい）

だが、現実にはそんなことはできない。とにかく、今は、伊周側でも道長側でもないことを端的に示さねばならぬ。その思いで、行成は言った。

「此度の疫禍において、思いがけず蔵人頭という大任を得て、恐懼《きょうく》しております」

この任官は、あくまで欠員補充。昇進への野心も根回しもなかった。それを示すつもりだったが、右大臣道長が口を開いた。

「私とて、疫禍で成り上がった右大臣ということかな」

さあっと血の気が引く。これでは道長の右大臣昇進も、疫病によるやむを得ぬ次第、と遠回しに言ってしまったようなものではないか。殿上間に、これ以上はないほどの静寂が漂う。誰もが、固唾《かたず》をのんで、あるいは、憐《あわ》れむように行成を見やっている。

その時、見計らったかのように、女官の声がした。

「主上が昼御座《ひのおまし》に出御《しゅつぎょ》されました」

その声に救われる思いで、行成は逃げるように殿上間を出た。

殿上間から出ると、年中行事の暦が記された大きな衝立障子《ついたてしょうじ》が置かれている。その午中行事御障子の前に回り込むと、視界に清涼殿の広廂《ひろびさし》が飛び込んできた。

「ほ……」

眼前に広がる廂の間に、思わず安堵《あんど》の吐息が漏れた。

晩秋の朝の光が射し込み、広廂は眩《まばゆ》いほどに輝いている。

(そうか、ここは東に面しているから、辰の刻に陽が射し込むのか)

殿上間の冷ややかさはここにはなく、行成の半身をあたたかな陽光が包み込む。

行成が跪いたのに合わせるように、昼御座の前の御簾が女官の手でするすると巻き上げられた。

昼御座は、帝が日中、臣下《しんか》から奏上を聞く御座所だ。

行成は、文挟を両手で捧げ持って視線を上げた。昼御座の繧繝縁《うんげんべり》の畳が目に入る。赤に紫や黄、緑といった煌びやかな菱模様《ひしもよう》が刺繡《ししゅう》された御座は、まさしく錦雲《きんうん》の彩りのようだった。その繧繝模様に、帝が纏う白い御袍《ごほう》が少し重なっている。

行成は膝行《しっこう》すると、昼御座を斜めに仰ぎ見た。

(この御方が、主上……)

そこには、一人の少年が座していた。

袍に包まれた肩の線はなだらかで、色白の頰に、細い顎先《あごさき》、切れ長の目元、鼻筋の通った顔立ち。

(辰の刻、陽光に竜顔《りょうがん》を仰ぐ)

そう、心の中で呟いていた。

美しき竜顔、天子《てんし》の顔をした少年が、その涼やかな目で行成に目配せをした。

行成は御座と広廂との境目にある長押《なげし》の下に跪く。帝は無言で頷いた。解文を捧げよ、という意を察して、さらに膝《ひざ》を進め、文挟で解文を捧げ渡した。そうしてすぐさま、膝を戻して退いた。

(よし、ここまでは手順通りだ)

帝は、ゆったりとした身振りで解文を開いて目を通す。読み終わるとそれをもとのようにたたみ、行成の方へすっと戻した。文書の内容を承知した、という意味だ。行成は文挟で解文を掻《か》き寄せて受け取った。

(このまま殿上間へと退けばいいのだ)

蔵人所に戻ったら、解文を上申した越前国に宛てて、返抄《へんしょう》、つまり受取状を作るように蔵人に命じる。できあがった返抄に蔵人頭の行成の署名をすれば完了だ。

頭の中で繰り返した手順通りに事が進んでいる。そこに、思いがけず帝が口を開いた。

「震《ふる》えなかったな」

どきりとして、動きが止まる。

(今、私にお声をかけられたのか?)

想定外の事態に、背中にどっと汗が出る。

その澄《す》んだ声は、問いかけるわけでも咎めるわけでもなく、ただ呟いた、という感じだった。だが、どうしていいかわからない。その場で跪いたまま固まる行成に、帝は言った。

「殿上間で、そなたの手は震えていた」

行成は冷や汗をかきながら思いを巡らす。

(そうだ、殿上間の壁には、櫛形窓《くしがたのまど》という小窓があるのだった)

それは、清涼殿から殿上間を覗《のぞ》き見ることのできる櫛の形をした窓だった。そこから時折、帝が殿上間をご覧になっているという話は、噂程度に聞いてはいた。

ひょっとしたら、先ほどの行成の様子を、櫛形窓から見ていたのかもしれぬ。

「だが、今、そなたの手は震えていなかった」

「その……あの……」

しどろもどろになる行成に、帝は「構わぬ、申せ」と頷いた。

「その、何と申し上げましょうか……主上のお姿が、陽光に満ちておられましたので」

「陽光に」

「殿上間は薄暗く冷ややかで、ですが、主上の御前は、思いがけず、あたたかで……」

「思いがけず?」

「は、いや、その!」

己の失言に、ただひたすら額をこすりつけんばかりに平伏した。

その行成の背中に、帝の笑い声が響いた。その楽しそうな声で行成に命じた。

「行成、今宵《こよい》、朕《ちん》の陪膳《ばいぜん》をせよ」

「は……」

思わず顔を上げると、帝としっかり目が合ってしまった。

食事の給仕をつとめてほしいというその笑顔に、行成は慌てて低頭した。


殿上間に戻っていく行成の背を、懐仁は静かに見ていた。

「主上」

後ろから、懐仁を呼ぶ声がした。振り返ると、薄紅色の小袿《こうちき》姿の中宮定子が、几帳の陰で微笑んでいた。新任の蔵人頭の初奏上、定子も密《ひそ》やかに見るがいい、と懐仁は定子をそこに控えさせていたのだ。

「あれが、新しい蔵人頭」

定子はそう言うと、懐仁の方へ歩み寄る。小首を傾《かし》げ、懐仁を見やるその頰に、くせのない黒髪の鬢《びん》が揺れる。綺麗な形をした目が、悪戯っぽく笑っている。

「優しそうな人ですね。でも、少し頼りなさそう」

こうして定子が懐仁に語りかけるのは、いつものことだ。帝だからと畏《かしこ》まることもなく、機嫌を取るようなこともない。

定子の父、藤原道隆は、皇太后詮子の兄だ。つまり、中宮定子は懐仁の母方の従姉《いとこ》。東宮であった頃から、道隆に連れられた定子とは、幾度となく顔を合わせていた。

四つ年上の定子は、幼き懐仁にとって、憧《あこが》れの人だった。

その奔放《ほんぽう》な明るさが、眩しいくらいだった。

懐仁を取り巻く公卿たちはむろんのこと、皇太后詮子にさえも思うままに振る舞う。その姿を見つめながら、懐仁は、ずっと思っていた。

己も、こんなふうに振る舞えたらいいのに、と。

(あの、春の宴の日も、そうだった)

あれは、懐仁が東宮になって、内裏後宮の凝華舎《ぎょうかしゃ》を御座所としていた七歳の頃だった。東宮妃となる姫君を選ぶために、春の宴と称して、公卿の姫君が集められたことがあった。

＊

公卿の姫君とはいえ、内裏に入ることなどめったにない。集まった姫君たちは、皆、怯《おび》えたように襲の袖や檜扇《ひおうぎ》で顔を覆《おお》い隠していた。東宮の母たる詮子の機嫌を損ねてはならぬと、姫君に付き添う父親の公卿たちも、張りつめた作り笑顔を並べている。

懐仁は、傍らに座している母の詮子をそっと窺った。詮子は、少しも笑むことなく姫君たちを見下ろしている。そのまなざしは、息子の妻となる姫を選ぶというよりは、己の意に適う姫を見極める目をしていた。

そこは、春の宴、などという、うららかさとはほど遠かった。

どこからともなく花びらが、ひらり、と懐仁の前に舞い落ちた。そっと拾おうとした時、詮子の冷ややかな声がした。

「道隆の娘がいないようですが」

控える女房が気まずそうに答える。

「定子様は、お支度《したく》に少々時がかかっているようでございます」

「お支度?」

詮子のこめかみがぴくりと動く。懐仁は、咄嗟《とっさ》に何か言わねばと言葉を探した。「母上……」と口を開きかけた時、凝華舎に明るい声が響いた。

「お待たせいたしました、定子にございます」

衣擦《きぬず》れの音も軽やかに、琵琶《びわ》を抱えた定子が部屋に入ってきた。その薄紅色の汗衫《かざみ》姿に、懐仁は目を瞬《しばたた》いた。まるで、部屋に舞い込んだ、花びらのように見えたのだ。

定子は、遅れてきたことを、悪びれもしない。

「琵琶を探していたら、遅れてしまいました」

「琵琶?」

詮子の声に、定子は笑顔で頷く。

「東宮様は笛がお好きでございましょう? 春の宴、東宮様の笛と、私の琵琶を合奏したら素敵ではございません?」

定子に付き添う道隆も、悠々《ゆうゆう》と言う。

「内裏に着いてから言い出したものだから、琵琶を取り寄せるのに時がかかってしまった」

その言葉に、詮子は何も答えなかった。無言のまま、居並ぶ姫君たちに視線を戻す。姫君たちは、定子の振る舞いに圧倒される者もいれば、どうしたものかと動揺する者、詮子の冷ややかさに怯えきっている者もいる。少なくともここにいる誰もが、次期関白の娘であり懐仁の従姉である定子に敵《かな》う姫はいない、ということを察していた。

それらをまったく意に介することなく、定子は姫君たちの前に座す。遅れてきたから端《けし》に座ろう、などという配慮はないのだろう。

琵琶を構えると、懐仁に向かってにこりと言った。

「さて、東宮様、何の曲を合わせましょう」

定子とは、今までも詮子の生家である東三条殿《ひがしさんじようどの》で、合奏したことがあった。従姉の姫として慣れ親しんだ笑顔に、懐仁は押されるように懐《ふところ》から横笛を取り出した。

そっと、母の顔を窺う。詮子は何も言わない。だが、その無言の内に、懐仁は感じ取る。こは内裏後宮だ。東宮としてふさわしい曲を姫君たちに披露なさい、と母は思っている。

儀礼や宮中の宴で奏でるような、格式のある雅楽《ががく》で、この春の宴にふさわしい曲を……と思考を巡らしていると、定子がさらりと言った。

「私、高砂《たかさご》が好きです」

その言葉に、詮子のこめかみがまた動いた。定子の父の道隆は、高らかに笑った。だが、周りの姫君たちは、皆、押し黙っていた。

詮子は、定子を見据《みす》えて言った。

「そのような催馬楽《さいばら》を、東宮様と奏でようと?」

催馬楽……民謡をもとにした明るい曲調は、楽しい春の宴に似合うだろう。だが、高砂の歌詞は、戯れの恋の歌だ。内裏後宮、しかも東宮妃となる姫君を見定める場で奏でるには、少々、遊びが過ぎている。

しかし、定子は少しも怯《ひる》まない。

「私、高砂の〈白玉《しらたま》　玉椿《たまつばき》　玉柳《たまやなぎ》……〉と続くところが、好きなのです」

ね、そうでしょう?　と懐仁を見やるその悪戯っぽい目には、詮子や周りに遠慮する様子は、微塵《みじん》もなかった。

懐仁は、あの日を思い出しながら、苦笑いした。母の詮子の意を汲《く》んで、無難《ぶなん》な雅楽の曲を選んだのだった。

（結局、高砂は奏でられなかった）

＊

あの春の宴の数か月後、先の帝、花山帝が突如として退位した。つまり、東宮妃が決まる前に、懐仁は七歳にして帝となってしまったのだ。

そうして、后妃《こうひ》不在のまま、懐仁は清涼殿に入った。

即位をして、初めて清涼殿で、一人ぼっちで過ごした夜は、あまりの寂しさに一晩中、泣き濡《ぬ》れた。周りには蔵人も女官もいた。けれど、どんなに大勢の者がいても、皆が己に傅《かしず》く者だ。誰一人として、臆することなく言葉をかけてくれる者はいなかった。

定子に会いたくて仕方がなかった。

だから、十一歳の時、定子の入内が決まった時は、本当に、飛び上がりたくなるくらい嬉しかった。そのまま皇后の地位である中宮に定子を据《す》えることに、何の迷いもなかったし、定子の他に女御を入内させるなど、今まで考えたこともなかった。

「兄の伊周が、殿上間で余計なことを申して、蔵人頭を困らせていましたね」

櫛形窓を見やる定子の声で、思索が途切れた。

先ほど、行成の奏上の前に、懐仁と並んで殿上間を覗き見ていたのだ。

「ああ、そのようだな」

懐仁は微笑み返す。

櫛形窓は帝が殿上間を見るためのもの。后妃が一緒に覗き見ることなど、ありえない。本来なら、后妃は与えられた居室である局《つぼね》や殿舎に控えていて、帝が求めぬ限り、対面することも、言葉をかわすこともないのだ。

だが、定子は違う。

定子は、この内裏において「帝」としてではなく「懐仁」として語らえる唯一の人なのだ。

「兄と私の口添えがあって蔵人頭に任官されたと、皆が誤解したでしょうね」

「そんなことはないのだが」

「兄が余計なことをするのは、いつものことです。幼い頃からそうでした。私が大切に取っておいた菓子を食べてしまったり、伏《ふ》せ籠《ど》の小鳥を逃がしたり」

ため息をついて言う定子に、懐仁は小さく笑った。

「そんなふうに言われて、なんだか、伊周が少し可哀想《かわいそう》になってしまったな。伊周も悪気があってではないだろうに。良かれと思ってやってしまうのが伊周なのだよ。朕は、そう思っている」

「だけど、兄を関白にはなさらないのでしょう?」

定子の目は変わらず笑っている。伊周を関白にせぬ懐仁を恨《うら》むこともなく、任官を懇願《こんがん》するわけでもない。この状況を楽しんでいる目だ。だから、懐仁も思うままに応えられる。

「ああ。でも、道長も関白にはしない」

定子は、素直に驚いた。

「ならば、誰を関白に?」

「誰も」

「誰も?」

「関白がおらぬとも、政はできよう。関白はあくまで帝の補佐。帝たる朕がしっかりとすればよいだけのこと」

「それは、そうですけれど。……そのお考えを、皇太后様はご存じで?」

「いや、まだ」

定子に皇太后詮子のことを言われ、懐仁は途端に消沈してしまった。母が道長の関白就任を強く望んでいることは知っている。

母には逆らったことがない。即位があまりに幼すぎて、何をするにも母がいた。

公卿たちも、皇太后の顔色を最初に窺っていた。定子が入内したのを機に、皇太后詮子は内裏を下がり、今は、道長の邸である土御門《つちみかど》邸に居を移している。だが、その存在感が内裏から消えたわけではない。今もなお、諸臣が皇太后の意を汲んでいるのは、懐仁なりに察している。

「だから、行成を蔵人頭に任じたのだ」

「……？」

「行成は今まで官位栄達から縁遠いところにいた。諸臣と帝の間を繋ぐ蔵人頭には、そういう者が適任だと思うのだ」

「鈍《にぶ》そうですしね」

定子の遠慮のない言葉に、懐仁は「確かに」と笑ってしまった。

「だが、行成を任じたのは、それだけが理由ではない」

「え？」と、興味深そうに身を乗り出す定子に、懐仁はもったいぶった。

「それは、今宵にでもまた話そう」


宿所の作物所に戻ると、行成はどっと脱力した。束帯に皺《しわ》がつくのも気にせず、脇息にもたれてしまう。

「疲れた」

声を漏らしたところに、蔵人が顔を出した。

「右大臣が蔵人頭をお呼びにございます」

「右大臣……道長殿が？」

脇息から飛び起きる。

「未《ひつじ》の刻、土御門邸にてお待ちになられているそうでございます」

土御門邸は、道長の邸だ。

わざわざ自邸に呼び出すとは。他者の目がないところで、先ほどの無礼を咎め、折檻《せっかん》でもされるのだろうか。相手は、右大臣であり、帝の母、皇太后詮子の弟だ。

行成は、そっと腹を押さえた。

未の刻、惟弘に牛車の支度をさせ、土御門邸に向かった。約束の刻限に遅れてはならぬと、牛車を急がせる途上、付き従う惟弘は「さっそく、やってしまいましたか」などと言ってくる。行成は弱々しい声で「他人事《ひとごと》のように言うな」と言い返した。

ところが、土御門邸では、思いがけず朗《ほが》らかな笑みの道長に招き入れられた。

「わざわざ、呼び出してすまぬ、蔵人頭」

「い、いえ」

笑顔の下に何かを隠しているに違いない、と疑いたくなる。

「新任の蔵人頭として、そなたに会ってもらいたい方がおられるのだ」

行成は怪訝に思いながら、道長の導くままに、邸の奥へと進んで行く。

そうして案内された部屋で、行成は改めて道長と向かい合って座した。その道長の後ろには、几帳が立てられている。

几帳の後ろに人の気配を察して視線をやると、女人の声がした。

「蔵人頭」

凜《りん》とした声に、思わず背筋が伸びる。道長の邸において、年上の女人の声、そして、几帳の後ろから顔を見せることもなく声をかける高貴な女人、ということは。

(もしや、姉君の詮子様……つまり)

「皇太后様のお声かけである」

道長の改まった口調に、行成は慌てて平伏した。

「よい、直答《じきとう》を許す。そなたをここへ呼んだのは、私だ」

詮子の声に、行成は「ありがたく存じます」と応えるも、帝の生母を相手に直答することに、動揺が隠せなかった。

「そなた、内覧宣旨《ないらんせんじ》のことは存じているか」

その問いかけとともに、詮子が几帳の向こう側で立ち上がり、ゆっくりと行成の前に歩み寄る衣擦れの音がした。

「も、もちろんにございます」

緊張のあまり、語尾が震えた。目の前に、帝の生母がいる。それも、突如として、政に関わる内容を持ちかけられ、平伏したまま固まっていた。

内覧とは、帝に奏上される文書を、宣旨を受けた公卿が先に目を通すことだ。内覧宣旨を受けるのは、通常は、関白の地位にある者だった。

だが、今は関白の座は空席だ。そのため臨時に、右大臣道長に、内覧の権限は与えられていた。先ほど奏上した解文も、事前に道長が内覧したもの。内覧を経た文書を、帝が最後に目を通して承認するのである。

「ならば、先日、内裏における伊周と道長の口論のことは、存じているか」

「み、見聞きした程度には」

平伏した行成の額から、床に冷や汗が落ちた。頼むから、何でもいいから、道長に口を開いてほしかった。詳細が知りたいなら、本人に聞けばいいのだ。わざわざ行成に問いかける詮子の真意がわからない。それなのに、道長は黙っている。

詮子は、続けた。

「その口論の原因が、内覧宣旨だ」

「そうとは、存じ上げませんでした」

「右大臣道長に内覧宣旨を、と主上に推挙したのは、皇太后である私だ」

どう答えていいかわからない。だが頭の中では、そういうことだったのか、と納得する思いもしていた。

(それで、伊周殿と道長殿が口論になったのか)

実のところ、内覧宣旨は、今までは伊周に与えられていた。それは、関白道隆が病悩《びょうのう》中に限るという条件ではあったが、宣旨を与えられていた伊周は、次の関白は己だと確信していただろう。それが、道隆の死後、皇太后詮子の一声で、伊周の内覧は止められて、道長に与えられてしまったのだ。

詮子は、少し語調を荒らげた。

「かようなことで、道長と口論した末に摑みかかるとは。まことに思慮の浅い男よ。中宮の兄であるというだけではないか」

「………」

「あの中宮も兄に似て、振る舞いが高慢なこと」

「………」

「この先、御子《みこ》が生まれて、あの中宮が国母《こくも》となるなど、想像もしたくない」

「………」

「なぜ何も言わぬ、蔵人頭」

ぴしゃりと言われ、竦み上がりそうになった。相手は皇太后だ。否定は絶対にできない。かといって、安易に肯定できる話ではない。

帝の側近である蔵人頭として、詮子は行成にどう答えてほしいというのだろう。まだ、蔵人頭となって、数日も経《た》っていないのに。そう思った時、はっとした。

(ひょっとして、試《ため》しているのか?)

新たな蔵人頭が、いかなる答えをするのか。その答え次第で、新たな蔵人頭が、役に立つ人物か、見定めようとしているのではないか。

詮子は、苛立《いらだ》ちを隠すことなく「面《おもて》を上げよ、蔵人頭」と言った。

ただ単に、顔を上げろ、と言っているのではないことくらい、行成にもわかる。この場で、行成の答えを言え、と言っているのだ。

蔵人頭として役立つべき相手は誰か、という答えを。

行成は、ゆっくりと顔を上げた。

目の前に、行成を見下ろす、皇太后詮子が立っていた。

（この御方が、主上のご生母）

切れ長の目は、確かに、清涼殿で仰ぎ見た帝と似ていた。だが、帝のまなざしは涼やかに思えたのに、行成を見下ろす皇太后の目は、物事の是非を見定める冷徹なまなざしをしている。

蔵人頭として役立つべきは、皇太后詮子か、右大臣道長か、内大臣伊周か、中宮定子か。それとも、清涼殿で仰ぎ見た、竜顔の少年か。

（わからない……）

己はただ、この平安京において、妻子とつつがない日々を送れたらいい。それだけなのだ。

行成は、口を開こうとする。情けないくらいに頤《おとがい》が震えてしまっている。それでも、何も答えないわけにはいかない。震える息のまま、一気に言いきった。

「内覧を経た文書を主上に奏上し、主上のご意向をお伺《うかが》いする。それが、蔵人頭としての役目にございます」

誰が内覧しようと、蔵人頭は、帝に文書を奏上する。

余計な私見を答えるのではなく、蔵人頭としての、まっとうな役目のみを述べた。

行成の返事に、詮子は「ほう」と吐息を漏らし、道長は何も言わなかった。

「こ、今宵は、主上から陪膳を仰《おお》せつかっておりますので」

これ以上の長居は危ないとしか思えぬ。額が床にぶつかるくらいの勢いで低頭して退出の挨拶《あいさつ》をする。

すると、道長がゆるりと立ち上がった。退出の案内をしてくれるという意味だろう。道長の後ろ姿を追って、逃げるように部屋を出る。

部屋を出て、しばらくしても、膝の震えが残っていた。

惟弘が待つ部屋に向かっていく途上、不意に、行成の足元に鞠《まり》が転がってきた。

(鞠？　幼い子がいるのか)

道長は、先に渡殿へ歩いていて、気づいていない様子だ。

鞠を手に取って顔を上げると、御簾のかかった部屋から、淡紫《うすむらさき》色の汗衫《かざみ》姿の女の子が、こちらを覗いていた。年の頃は、十歳にも満たないだろう。目が合うと、女の子は恥ずかしそうに部屋の奥へと駆け入ってしまった。

ぱたぱたとした可愛らしい足音に、ようやく道長が行成の方を振り返った。

「あの、今、この鞠が……」

説明しようとすると、状況を察したのか、道長は微笑んだ。

「ああ、娘だ」

「道長殿の姫君にございましたか」

道長は頷き返して、行成の方へ歩み戻ると、鞠を受け取った。

「母親に似て内気だが、愛らしい娘よ。八つになる」

ほころぶ口元に、父親としての愛情を感じた。その表情に、ようやく行成は肩の力が抜けて、おのずと笑み返した。

私にも、男子がいて……と続けようとした時、道長が、言った。

「時機を見て、入内させる」

「入内？」

誰が、と、問い返しそうになる。

中宮定子の父、関白道隆が病死した今、多くの公卿が娘を入内させようともくろんでいた。娘が男子、つまり親王を産むことによって、外祖父として権力を手に入れるのは、多くの公卿が思い描く夢だった。

だが、帝は、御年《おんとし》十六歳。十にも満たない幼女が嫁《とつ》ぐには、少々年が離れてはいまいか。まともに考えて、子を産める年でもない。それに、帝の寵愛が中宮定子の一身に注がれているのは周知のことだ。その後宮に、鞠を転がすような少女を入内させるつもりか。

「皇太后様が、お望みなのだ」

先ほど、伊周と定子のことを苦々しく言っていた詮子のことを思い出す。道長は鞠を手に、行成を見据えた。

「我が娘は、彰子《あきこ》と申す。覚えておいてくれ、蔵人頭よ」

皇太后詮子と同じ音の名に、背筋がうすら寒くなった。

土御門邸を退出すると、空はもう、日が傾きかけていた。

（急ぎ、内裏に戻らねば……）

夜の色に沈んでいく夕空を見上げて、深いため息が漏れてしまった。

御膳《ごぜん》を運ぶ蔵人の足音が、清涼殿に響いている。

晩秋の日暮れは早い。夕餉《ゆうげ》の時刻である申《さる》の刻にはもう、立ち働く蔵人たちの火影《ほかげ》が揺れている。

今宵、初めて夕餉の陪膳をつとめる行成は、灯台のたもとに控えていた。慣れた様子で内膳司《ないぜんし》が調理した御膳を運んでいく蔵人たちが、なんとも頼もしい。

帝は一日の政務を終え、清涼殿の奥でくつろいでいる。萩戸《はぎのと》と呼ばれる居間は、こちらからは襖障子《ふすましょうじ》で遮《さえぎ》られ、中の様子は見えない。だが、誰かと何か話をしている気配は伝わってくる。

帝の澄んだ声に、ささやかな笑い声が応えている。

帝が食事の際に腰掛けるのは、大床子《だいしようじ》という四本脚の座台。その大床子の前に置かれた、朱塗りの台盤に、蔵人たちが食膳を並べていく。

台盤の上には、主食である白米を甑《こしき》で蒸した強飯《こわいい》が盛られたお椀《わん》、その四隅には小皿に盛られた塩、酒、酢、醬《ひしお》が置かれている。食事には味がついていないため、好みに合わせてその場で味をつけるのである。副菜には、蒸《む》し鮑《あわび》、干鯛《ほしだい》、茹若布《ゆでわかめ》、雉《きじ》の干し肉、蕪《かぶ》の羹《あつもの》、山芋《やまいも》、茄子《なす》の塩漬がそれぞれ皿に盛られ、菓子として栗《くり》、榧《かや》の実、干棗《ほしなつめ》の三種が盛られている。

（これが〈大床子の御膳《おもの》〉か）

帝の正式の食事の呼び名を、感慨深く心の中で呟いた。陪膳をする日がくるなど、一年前の同じ季節にはまったく思いもしていなかった。

御膳が整うと、行成は萩戸の前で跪いた。「お支度が整いました」と奏上して、襖障子を開いた。

「今宵はそなたの陪膳ゆえ、待っている間も楽しみであった」

そう言って微笑む帝に、行成は「もったいないお言葉にございます」と低頭する。

帝の傍らに、薄紅色の小袿姿が見えた。行成が視線を上げると同時に、すっと几帳の後ろに隠れてしまい、その顔は見えなかった。どうやら、先ほどまで聞こえていた、ささやかな笑い声は、この女人だったようだ。

（この御方は……）

几帳の隙間から、薄紅色の袖がこぼれている。内裏において、帝と親しく語らう女人、といえば……中宮定子、しかおらぬ。

帝がさらりと言った。

「行成の話をしていた」

「今朝の、解文を奏上した時の話にございましょうか」

ささやかな笑い声は、行成の緊張する姿を笑っていたのかもしれぬ。おずおずと尋ねる行成に、帝は「いや、違う」とだけ言った。

そのまま、脇を通り抜けて、御膳の方へと歩んで行ってしまう。行成は慌ててその後を追い、大床子に座した帝の傍らに跪いた。

陪膳は、台盤の上に並べられた料理を、箸《はし》で取り分けて小皿に盛って捧げる。帝が欲しているものを目配せだけで察するのは、なかなかに神経を要した。帝は、拒むこともなく、行成が捧げたものを黙々と食している。それでも、口に含んだ時の表情の違いを窺いつつ、彼の好みを摑もうとした。

(干し肉よりも、魚介の方がお好みなのだろうか)

鮑や若布の進みが早い気がする。酒と醬をわずかに混ぜると美味《おい》しそうだ。蕪の羹は冷めないうちに。この山芋は少し硬いかもしれない……。無言のうちに考察を巡らして、食事は進んでいく。

三種の菓子が盛られた椀に、帝が目配せをする。食事はもうそろそろ終わりにしたいということだろうか。栗、干棗を取り皿に盛って、榧の実は皮を剝《む》いて差し上げる。

菓子を盛った小皿に、帝は、にこりと笑んだ。途端に、十六歳の少年らしい顔つきになった。

食事を済ませると、帝は、前置きもなく言った。

「懐仁」

一瞬、何のことを言っているのかわからなかった。だが、それが示すことがわかると、行成は焦《あせ》った。

「朕の名だ」

「お、畏れ多いことにございます」

低頭する行成に、帝は「構わぬ」と言った。

「行成には、本当の名を知っていてほしい。そう思ったのだ」

「……………」

「どうして、と思ったな」

涼やかな目に、笑みが湛《たた》えられている。

「前の蔵人頭から、行成を推挙された時、朕は嬉しかったのだ」

「う、嬉しかった?」

「やっと、藤原行成を仕えさせることができると。朕は見ていたのだ、櫛形窓から殿上間を。そう……冠《かんむり》を叩《たた》き落とされた時も、そなたの手は震えていた」

「それは……」

帝の言わんとすることに思い当たって、行成は返す声が掠《かす》れてしまった。

以前、行成は、美男ともてはやされる左近衛中将《さこんえのちゅうじょう》藤原実方《さねかた》と、殿上間で口論になったことがあったのだ。口論と言っても些細なことだ、と行成は思っている。というか、相手が一方的に怒ってしまったと言った方が正しい。

＊

殿上人たちが談笑していたところに、行成もそれとなく加わっていた。先日の歌会で詠《えい》じた歌に話題が及んだ。行成自身は、歌は苦手だ。その場の雰囲気から、実方の歌が上手いということに同意すればよかったのに、行成は正直に答えてしまった。

「歌意《かい》がよくわからぬ」

気づいた時には、激怒した実方に頬を張り叩かれていた。あまりに強い力だったものだから、行成は体勢を崩し、被《かぶ》っていた冠が外れた。

その場にいた誰もが息をのみ、袖で目を覆う者までいた。冠や烏帽子を脱いで人前で髻《もとどり》を晒《さら》すということは、裸で身を晒すのと同じくらい恥ずかしいことなのだ。元服をした成人男子は、眠る時でさえ、烏帽子は被ったままだ。ましてやここは内裏、清涼殿の殿上間。殿上人たちが見ている中で、髻を晒している。

すぐに床に落ちた冠を拾おうとした。しかし、実方は、行成より早く冠を奪い取ると、憤りにまかせて小庭に投げ捨てた。

叩かれた頬の内側に血の味が広がっているのを感じながら、行成は姿勢を直した。黙したまま、手を頭にやる。剝き出しになった髻に触れ、解《ほど》けていないことを確かめると、平静を装って庭にいた舎人《とねり》に声をかけた。

「それを取ってくれるか」

居合わせた舎人は、すぐに拾って捧げ渡してくれた。冠を受け取ると、行成は「投げ捨てるほどのことだろうか」とだけ呟いた。そうして何事もなかったように冠を被り直した。

内心は、喚《わめ》きたかった。できるものなら、今すぐ実方を同じ目に遭《あ》わせてやりたいくらいだった。だが、ここで口論を続けたところで、ますます惨《みじ》めになるだけだ。感情を押し殺して、つとめて冷静にこの場を終わらせようと思った。

三条の邸に帰った後も、人前で叩かれて髻を晒したなど、惟弘にも、奏子にさえ言えなかった。

苦い思い出を、思いがけないところで帝から言われ、行成は「それは……」と掠れた声しか出せなかった。帝は頷いて言った。

「それも、見ていたのだ。冷静につとめようとするそなたの姿も、冠を被り直すその手が、本当は、震えていたのも」

「主上……」

「その時からずっと、次の蔵人頭は、藤原行成にしたいと思っていた。この者には、朕の名を、知っていてほしいと思った」

帝は、真剣なまなざしで言った。

「懐仁として、藤原行成を信じてみたかった」

何か言おうとしたら、泣いてしまいそうだった。

(疫禍ゆえの任官、ではなかったのか)

行成の手が震えていたことを、見てくれていた。その竜顔の少年が、行成を欲してくれたのだ。

泣きそうになって唇を震わせる行成に、帝は微笑を見せて言った。

「そのことを、定子に話していた」

*

三

数日ぶりに三条の邸に帰った行成は、自室で日記を開いていた。

いつもこうして、備忘録も兼ねて日記に雑事を書き込んでいる。

（幾日分もまとめて書くのは、難儀だな）

宿直が続いて、なかなか書けなかったのだ。これからは、いつ宿直になってもいいように、内裏にも持って行こう、と思いながら文机《ふづくえ》に向かっていると、後ろから、奏子の声がした。

「内裏からお戻りになられたばかりで、お疲れでは」

「忘れぬうちに書いてしまいたくて」

行成は顔を上げることなく答えた。途中で筆を止めたら、書きたかったことが思い出せなくなりそうだった。それだけ、蔵人頭に任官されてからの日々のすべてを書き留めておきたかった。

帰宅を迎え出た奏子とも、軽く言葉を交わしただけで、すぐに自室に籠《こ》もって文机に向かったのだ。

ようやく書き終えて顔を上げると、まだ奏子が座していた。何も言わず、待っていたのだ。

「書き終えられましたか？」

少し寂しそうな表情に、なんだか決まりが悪くなった。数日ぶりに帰ったというのに、奏子に構うことなく日記を書いていた。

「すまぬ」

奏子のことだ。蔵人頭としての初出仕、ずっと案じてくれていたに違いない。

気まずく眉根を寄せる行成に、奏子は「ふふ」と笑みをこぼした。

「そのお顔をされてしまったら、怒れないではないですか」

行成は眉間《みけん》に手をやり、苦笑いした。

「主上の前で、そのお顔はなさいますな。なんと気弱な蔵人頭よ、と思われてしまいますよ」

「そう言われてもなあ」

気づけば、いつものように笑い合っていた。

「ああ、やはり、この三条の邸にいる時が、最も好きだ」

行成の言葉に、奏子は少し心配そうに問い返した。

「内裏は……主上は、気難しい御方だったのですか？」

「いや、そのようなことはない。主上は……」

行成は帝の人柄を言い表そうとして、昼御座で仰ぎ見た姿を思い出した。

「何と言えばいいのだろう、一言で申し上げるのも憚られるのだが。そうだな、まるで、陽光のようだった」

「陽光のような」

奏子は息をついて、先ほどまで行成が書き記していた日記を見やった。

「では、内裏の陽光を、ここに書かれていたのですね」

奏子はそう言うと、行成の書いた文字を指で撫《な》でるようにそっと触れた。

「行成様の字は、美しいこと」

行成は困惑しつつ笑んだ。男である行成が書く日記は漢文で、奏子には読めないはずだ。その行成の困惑を察したのか、奏子は言った。

「何が書かれているかは、私には読めません。ただ、行成様の字は、音色《ねいろ》のようだと思ったのです」

「音色？」

「行成様の字を見ていると、まるで紙の上で美しい音が奏でられているよう」

「奏子だからそう思うのではないのかな」

初めて出会った日、名を問うと「奏子」と答えるその声が、本当に笛を奏でるように可愛らしかったことを思い出す。

すると、奏子はぽつりと言った。

「私も、漢字が読めたらよかった」

そう言った後、奏子は、行成の字をじっと見つめていた。

第二章

誓い

一

早朝、懐仁は行成に理髪を担当させていた。洗顔や身支度をする御手水間《おちょうずのま》で、髪を梳《くしけず》る行成の姿を、鏡越しに見やった。傍らには火桶《ひおけ》が置かれている。

年が明けた長徳二年の正月、暦の上では初春だが、ようやく梅が咲き始めた時分。まだまだ朝晩は火桶が欠かせない。

「先日の土御門邸の行幸《みゆき》、大儀であった」

髪を梳《す》かれながら、おもむろに言った。一月五日に執《と》り行われた、朝覲行幸《ちょうきんぎょうこう》のことだ。帝が皇太后のもとへ年始の挨拶に行く、新年恒例の行幸だった。

皇太后詮子の御座所は、右大臣藤原道長の土御門邸だ。帝が内裏の外へ出向くのは行幸とされ、警護の手配、随身《ずいじん》の数、行列の組み方、内裏の門の開閉に至るまで、一連の儀が事細かに決められていた。年明け早々から、行成は諸事に忙殺されたのだった。

「母上は、毎年、この行幸を心待ちにしているのだ」

「さようでございましたか」

「だがな……」

ため息をついた懐仁を、鏡越しに行成が見やる。懐仁は苦笑いで返した。

「この年になると、母上に会える喜びよりも、諸臣に多大な手間をかけさせていることの方が、気になってしまうのだ」

懐仁は十七歳、もう母が恋しい年頃は過ぎている。

「そのようなこと、お気になさらずとも」

「帝という立場を脱ぎ捨てて、思い立った時にふらりと牛車にでも乗って、会いたい人に会いに行けたら、どれだけ楽しいだろう」

懐仁の言葉に、行成は困ったように微笑んだ。どう答えていいのかわからないのだろう。悪気なく顔に出る男だと思う。

「邸に帰る余裕もなかったであろう。行成の妻には寂《さび》しい年明けにさせてしまったな」

「いえ、そのような。妻にまでお心を配っていただき、畏れ多いことにございます」

行成はそう言うと、やや肩を竦めた。

「蔵人頭、〈存分に、ご苦労なさいませ〉と妻からは言われておりますゆえ」

一瞬、何のことかと思ったが、言葉が結びついたら「ははは」と、声に出して笑ってしまった。

「良き妻を持っているのだな。ならば今宵は、宿直するな。邸に帰ってやれ」

懐仁は、行成の妻子に興味を持って問い続けた。

「子はおるのか」

「一昨年《おととし》に生まれた薬助丸という男子が一人ございます」

「ほう。妻は」

「四つ下にございます」

「……そうではなくて、妻は何人おるかと」

側室がいるかと問われていたと気づいた行成は赤面した。正妻以外にも妻を持つ世だ。行成は二十五歳になったと聞く。その年齢と官位なら、恋人も含めれば二人か三人ほどいるのだろうか、と当たり前に聞いたのだ。

「一人、にございます」

その答えに、懐仁は素直に驚いた。

「そうなのか」

「妻以外の女人を愛せるほど、私は器用ではありませんので」

真面目な顔で言う行成に、懐仁はますます好感を抱いた。と同時に、好感ともまた違う感覚が胸によぎる。

懐仁は、話を変えた。

「今日は、七種《ななくさ》の日だな」

行成は「さようにございます」と応えた。

正月十五日、内裏では新年の邪気を払うために豆と穀物を煮た粥《かゆ》が作られる。この日の帝と中宮の食膳には、米、粟《あわ》、黍《きび》、稗《ひえ》、小豆《あずき》などの七種を炊いた塩味の粥が供され、臣下には小豆粥が供される。

「朝餉が済んだら、登花殿《とうかでん》に行く」

登花殿は、中宮定子の殿舎だ。行成は「かしこまりました」と応えかけてから「あ」と声を出した。

「気づいたか」

「粥杖《かゆづえ》、にございますか？」

七種粥を炊いた薪《たきぎ》の残りは、子宝に恵まれる「粥杖」とされる。粥杖で尻を叩くと懐妊する、という言い伝えがあるのだ。この日は、都中《みやこじゅう》で、子孫繁栄を願って尻を叩き合う、そんな明るく大らかな一日だった。

「毎年、私の邸でも、仕える女房たちが粥杖を隠し持っておりますゆえ。妻も、昨年は背後に近づいた女房に、したたか叩かれておりました」

行成はそう言ってから「ですが」と案じるように、懐仁を見やる。

行成の言いたいことはわかる。ここは内裏だ。皇后ともあろう中宮定子の尻を叩ける図太い者などいるのだろうか、とその顔に書いてあった。

「粥を炊いた薪を登花殿に持って行くように、内膳司に申し付けておきますが……」

「まあ、ともに登花殿に参るがよい。面白いものが見られるであろう」

その時、行成の櫛《くし》を持つ手が、止まった。だが、すぐにまた手を動かした。懐仁は鏡越しに行成を見やった。

「気づいたか」

「いえ、何も」

「何も、ということは、何かに気づいたと言っているようなものだ」

「は……」

「行成らしいな」

行成は沈黙した。髪を掻き分けたところに、ほんの小さな禿《はげ》があるのだ。

「今に始まったことではない」

さらりと言ってやるが、行成は黙したままだ。懐仁は、鏡の中で行成に視線を投げて、眉間に指を当てた。

「困っている、と言っているようなものだな」

眉根を寄せていたことに気づいた行成は、慌てて表情を取りつくろう。そんな行成に、懐仁は言った。

「その顔、やはり、好きだな」

行成はますます動揺して、櫛を落としそうになっている。素直な反応に、笑ってしまった。

「そなたのような男に愛される妻は幸せ者だな」

そう言ってから、ふと、先ほど胸によぎった感覚が何だったのかわかるような気がした。

(羨望《せんぼう》、か)

行成のように、一途《いちず》に、不器用に、一人だけの妻を愛したかった。

だが、帝にそれは許されない。

中宮定子が入内してから、六年。これまで、懐妊の兆《きざ》しは一度もなかった。

ただの夫婦なら、焦ることもないだろう。だが帝の妻には、必然として、世継ぎを産むことを求めねばならぬ。

この先、男子がいるかいないか、で定子の立場は大きく変わる。

(だから、粥杖なのだ)

ただ一人を愛して、子に恵まれるのも時にまかせる。それが、いかに幸せなことか。先ほど、行成に抱いた感情は、紛れもなく羨望だった。

「いずれ、右大臣道長の娘が入内するだろう」

懐仁の言葉に、行成は驚いた様子を見せた。

「なぜそれをご存じで」

「ということは、そなた、道長から何か言い含められているな」

「は……」

行成は、眉根を寄せる。

懐仁は「よいよい」と小さく笑った。たとえ言い含められていても、今まで一度も、道長の娘の入内を促すような言動は行成に見られなかった。些細なことではあるが、そういうところに、行成らしい気遣いがあるのだろう。

「行幸で、母上に言われたのだ。道長の娘を入内させると」

「そうでございましたか」

「年が明けて九歳だそうだ」

「……」

「その幼さで、入内するための教養を身に付けさせようと、定子に劣らぬほどの多彩な女房たちを邸に集めているという」

定子の後ろ盾は、父の関白道隆亡き今、兄の伊周しかいない。そこに皇太后詮子と右大臣道長を後ろ盾とする「妻」が現れたらどうなるか。

「皇太后《ははうえ》の望みを、拒むわけにもいかぬ。……あわれなものよの」

その言葉は、九歳で嫁ぐ男を決められた少女への憐れみなのか、九歳の少女に夫を奪われる妻への憐れみなのか。それとも、誰を愛するかということすら決められぬ我が身への憐れみなのだろうか。

(すべて、だな)

懐仁は、心の中で独り、嗤った。


昼下がり、行成は帝に随従して、登花殿へと赴いた。

渡殿に、帝の渡御《とぎょ》を告げる露払《つゆはら》いの声が響く。事前に粥杖を持たせた使者は送ってあった。登花殿には、帝を迎え入れるために、中宮に仕える女房たちが居並んで待っている、はずだった。

が、登花殿に着いた行成は、我が目を疑った。

「中宮様！　今度こそ、お逃がしいたしませぬよ」

足音を鳴らし、粥杖を持った女房たちが、定子を追い回していた。

(な……)

笑い声が響く居室で、行成は啞然《あぜん》と立ち尽くす。すると、帝は目配せをした。

「言うたであろう。面白いものが見られると」

ようやく渡御に気づいた女房たちが、慌てた様子でひれ伏す。一斉にひれ伏していくさまは、女房装束の唐衣裳《からぎぬも》姿が鮮やかなだけに、まるで色彩の波のようだった。

その色彩の波の果てに、定子が几帳に背中をぴたりと付けて立っていた。

「お待ちしておりました、主上」

そう言って、笑みを投げかける上目遣いに、行成の方がどきりとしてしまった。

悪戯っぽい目は、あの花の下で会った時と、まるで変わりがなかった。

これまでも蔵人頭として、お目にかかる機会もあったが、すべて御簾越しや几帳越しのこと。

ゆえに、こうして、はっきりとその姿を見たのは、あの日以来だった。

くせのない黒髪がさらりと揺れて、悪戯っぽい目が行成を見た。

その唇《くちびる》が、ゆっくりと動いた。

——こうぜい——

声には出さなかったが、確かにそう言っていた。

その瞬間、花の下にいた少女が、そのまま二十一歳の中宮になった感覚が押し寄せた。

(私のことを、覚えている!)

あの日と同じように立ち尽くす行成を、定子は一瞥《いちべつ》すると言った。

「粥杖をお送りくださったおかげで、ずっと、背後に気を抜けませぬ」

すると、帝が楽しそうに言い返した。

「粥杖に込める願いは、わかっておろうに」

「わかってはおりますが、尻を叩かれるのは痛《いと》うございます」

帝は「定子らしいな」と笑った。

「定子の女房たちのことだ。畏れることなく、尻を叩こうとするのであろう」

「ええ、とくに清少納言《せいしようなごん》が」

定子が挙げた名に、皆の明るい笑い声が立つ。淡青《うすあお》色の唐衣裳姿の女房が「まあ、私を名指しで！」と粥杖を持ったまま言い返す。

思わずまじまじと見てしまった。

気の強そうな一重《ひとえ》の目と明瞭な物言いが、淡青色の衣に似合っている。顔立ちや態度から、行成よりも幾分か年上に見える。宮仕えも長いのだろう。とはいえ、一介の女房が、中宮に気兼ねなく言い返すなど、本来なら許されない。

だが、定子も帝も、ここにいる誰もが笑っている。まるで、ありふれた邸のような……奏子が待つ邸のような明るさがここにはあった。

（登花殿は、主上にとっての三条の邸なのだろうか）

行成がそう思っていると、帝が言った。

「ならば、行成に定子の背後を守ってもらおうか」

唐突な提案に、行成は「え」と声を上げてしまった。すると、帝が行成に目配せをして、眉間に手を当てて見せた。はっとして、己の眉間を片手で隠した。

（また、困った顔をしていたらしい）

そうしている間にも、帝は定子の手を取って、脇息が置かれた御座所に誘《いざな》った。

そのまま二人は、並んで座す。行成も、定子の背後を見守れる位置にそっと腰を下ろした。

そこに、新たな来訪者を告げる女房の声がした。

「伊周様が参上されました」

定子は「まあ、兄上が！」と嬉しそうな声を上げ、帝も気さくに「なんだ、伊周も参ったのか」と招き入れる。

部屋に入った伊周は、慣れた様子で帝と定子の前に進み出る。

「中宮様に初春のご挨拶に参りました」

改めて間近に見ると、目鼻立ちが定子とどことなく似ている。兄と妹、こうして並んでいると、その品の良い顔立ちも相まって、生まれてこのかた、美しいものだけに囲まれて生きてきた兄妹《けいまい》のように見えた。

(良く言えば優雅、悪く言えば苦労知らず、とでも言うのだろうか)

考えてみれば、定子は生まれた時から、后になるために育てられたのだ。そして、伊周は定子を支える兄として生きてきた。その矜持《きょうじ》が、二人からは眩いほどに満ち溢れている。

伊周は、女房たちが持つ粥杖を見やって言った。

「入内した頃は、雛遊《ひいなあそ》びのような帝と后よ、と思うておりましたが。粥杖に願うようになられましたか」

「まあ、兄上は、私たちのことを雛遊びと思っていらしたの？」

「ずっと、兄としておそばにおりましたから。私から見れば、雛のように可愛らしい妹と主上でございましたよ」

行成は黙ってそのやり取りを聞きながら、圧倒される思いがしていた。

帝が十一歳の時に、定子は十五歳で入内した。さぞ、稚《いとけな》い夫婦だったであろう。だが、それをはっきりと雛遊びの夫婦と言ってしまうとは。

（伊周殿でなければ、言えまい）

無礼ともとられかねない言葉を、こともなげに言えるのは、幼き頃から、兄として見守っていたからこそ。それを示すように、帝もまるで弟が兄に口答えをするかのように言い返している。

「伊周の漢詩を聞きながら、眠りに落ちる幼帝ではないからな」

その言葉に、定子は「懐かしいこと」と微笑む。伊周は、胸を張って朗詠した。

「声明王《こえめいおう》の眠《ねぶ》りを驚かす」

伊周の美声に、女房たちが聞き惚《ほ》れたような吐息を漏らす。

行成には、その一節が、都 良香《みやこのよしか》という詩人が作った漢詩の一節だと、すぐにわかった。

鶏人《けいじん》暁《あかつき》ニ唱《とな》フ　声明王ノ眠リヲ驚カス
鳧鐘《ふしょう》夜鳴ル　響《ひびき》暗天《あんてん》ノ聴《き》キニ徹《とほ》ル
時を司《つかさど》る官人（鶏人）が夜明けを唱え、その声が王の眠りを覚ます。という内容の漢詩だ。

だが、その一節がなぜこの三人にとって「懐かしい」のかは、わからない。かといって、それはどういうことですか、と話に割って入ることはできない。どこか遠くから見るような心地になってしまう。

定子と伊周と語らう帝の姿。それは、清涼殿で行成に見せる姿とは、どこか違った。陽光のような天子でもなく、行成の手の震えを見ていてくれた優しい少年とも違う。

(私の知らない主上、なのか)

ふと寂しさを覚えかけた時、清少納言が声を上げた。

「以前、伊周様が漢詩のお話をされた夜のことにございますね」

まるで行成の心を察したかのような機転だった。その清少納言と、しっかり目が合ってしまった。慌てて目をそらしたが、清少納言の方は動じることもなく言葉を続けた。

「夜更けまで語らううちに、主上はお眠りになってしまい。そうしているうちに、どこからやってきたのか、女童が隠していた鶏《にわとり》が迷い込んで鳴いたものだから、主上は驚いてお目覚めになられ……」

その先の言葉を継いだのは、定子だった。

「それで、兄上が〈声明王の眠りを驚かす〉と朗々と詠《うた》って、皆で笑い合ったのだな」

「まことに、あの時の主上のお姿を言い表すに、素晴らしい吟詠《ぎんえい》にございました」

清少納言が、ここぞとばかりに賛辞を呈した。鶏の声に目覚めた若き帝の姿に適っていた、と漢詩の意味を理解しているということを誇示したいかのような言い方に、伊周が面白がる。

「これはこれは、さすがは清少納言よ」

「恐れ入ります」

清少納言は、すました笑みを見せる。伊周は、不意に行成に話を振った。

「中宮様をお支えする女房は、こうでなくては。なあ、行成殿」

行成は戸惑った。伊周は「おや、行成殿は知らぬのか」と言ってから続けた。

「この女房は、清原元輔《きよはらのもとすけ》の娘ぞ。ゆえに『清、少納言』とな」

「清原の」

「行成殿は、梨壺《なしつぼ》の五人は知っておろう」

「むろんにございます」

梨壺の五人とは、村上《むらかみ》帝の御代に編纂《へんさん》された勅撰《ちょくせん》和歌集『後撰和歌集《ごせんわかしゅう》』の選者五人を称したものだ。その中の一人が、清原元輔だ。つまり、この登花殿には、清少納言をはじめとして、教養深き女房たちが仕えている、と伊周は自慢したいのだろう。

(この人が、清原元輔の娘)

改めて、行成は清少納言を見た。清少納言は、すました一礼をして返す。

「清少納言と申します。以後、お見知りおきを。蔵人頭様におかれましては、中宮様のもとへお越しになる際は、私に、お声かけになることが多くなると思いますので」

蔵人頭として、この先、中宮定子のもとを訪ねることも多いだろう。その際は、取次ぎ役の女房に声をかけねばならない。とはいえ、己が定子に最も近しい女房なのだ、と自負するような笑みと振る舞いに、行成は、ややあっけにとられる思いで目礼を返した。

持てる才知を、己の魅力として惜しむことなく、いや、謙遜することなく発揮する。確かに、可憐な高慢さに輝く中宮定子には、似合いの女房ともいえよう。

その時、ぱしりっ、と音が響いた。と同時に定子の「あっ」という小さな悲鳴がした。

驚いてそちらを見やると、定子が両手で顔を覆ってうつむいていた。その傍らで、粥杖を持って笑っているのは、帝だった。

「隙《すき》を見せたな」

「まさか、主上に叩かれるとは思いもしませんでした！」

悔しそうに頬を赤くする定子に、帝は言った。

「今ぞ、今ぞ、と狙っておったのだ」

登花殿に笑い声が響く中、行成は一緒に笑っていいのかわからず、曖昧《あいまい》に口元をゆるめるに留《とど》めた。

ひとしきり語らった後、帝は満足した様子で清涼殿に戻った。

その清涼殿に戻る道すがら、帝が行成に向かって口を開いた。

「登花殿に入り込めない、と思ったであろう」

「いえそのような」

定子たちと語らう姿を横目に見ていた時の感情が、表情に出てしまっていたのかもしれない。さりげなく眉間に手を当ててみる。すると、帝は「案ずるな、眉根は寄っていなかった」と言った。

「母が、そう言うのだ」

「皇太后様が？」

「定子と語らう姿が、好かぬと」

臣下の行成ですら、楽しく語らう帝の姿に、寂しさを感じたのだ。母である詮子ならば、いかばかりであろうか。母として、息子が妻の居室で楽しく語らう姿を見るのは。

あの悪戯っぽい目で〈こうぜい〉と唇を動かした定子を思い出す。

その可憐な高慢さは、一瞬で人を惹《ひ》きつける。

その魅力は、生まれ持った才覚でもあり、培《つちか》った機知でもあるのだろう。その二つを、そつなく見せる定子は、きっと帝の心も捉えて離さないのだ。

（だから皇太后様は、道長殿の娘を入内させたいのか）

これ以上、息子を取られたくない。

彰子の九歳という幼さにもかかわらず入内を画策しているということ、そこに、皇太后詮子の、母として、女としての嫉妬《しっと》が、垣間《かいま》見《み》えたような気がした。

そしてそれが、帝の御髪《おぐし》の中に見つけた小さな禿の理由、なのかもしれなかった。

二

「行成様、行成様」

奏子の声に、行成はうっすらと目を開ける。

奏子が顔を覗き込み「もう、お目覚めになられては。すっかり陽も昇っておりますよ」と微笑んでいた。目を瞬き、いつの間に眠っていたのかと見回す。そこは、三条の邸、行成の寝所《しんじょ》だった。

「ずいぶん、長い夢を見ていたような気がする。蔵人頭になる夢を」

寝ぼけたままの行成に、奏子は、おかしそうに言った。

「何をおっしゃっているのですか。蔵人頭になったのは、夢ではございますまい。しっかり目を覚ましてくださいませ」

奏子はそう言うと、御簾の外に控えている女房に、角盥《つのだらい》などの洗面の支度を整えるように声をかけている。行成がぼんやりと「今日は何日だ」と問うと、奏子は「十六日にございますよ」と微笑する。

（そうだ、昨日は、夜になって内裏を退出して、三条の邸に戻ってきたのだった）

正月十五日の粥杖の日、登花殿から清涼殿に戻った後、宿直しなくていいと帝から言われたのに、なんだかんだ蔵人所で雑務をしてしまい、気づいたらすっかり日が暮れていた。慌てて内裏を退出して、邸に戻った後は……。

（家人の目も憚らず、奏子を抱いてしまった）

激務から解放され、ようやく奏子に会えた安堵が抑えられなかった。そうして奏子のぬくもりを感じながら、眠りに落ちていた。

「私としたことが……」

己の振る舞いを思い起こし、今さらながら赤面する思いになる。

とはいえ、行成と奏子の仲睦《なかむつ》まじさは、この邸の者ならば誰もが知っていることではないか。

ようやく今日は、出仕もなく、奏子と過ごせるのだ。何を憚ることがあるか。

そう思い直して、行成は身を起こした。その勢いのまま、奏子を抱き寄せた。

「まあ、どうなさいました」

抱き寄せられた奏子が、驚いたように見上げた。

「もう少し、共寝《ともね》したい」

行成の素直な言葉に、奏子は「困ったこと」と恥じらいつつも、拒むことなく微笑んでくれた。

そのまま、奏子の細い肩を抱きしめた。奏子の優しい匂いに包まれて、行成は満たされていく。

角盥を持ってきた女房が二人の気配を察して「あらま」と小さな声を上げたが、構うものかと思った。

そうして、三条の邸で穏やかな休息を得た、十六日の深夜のこと。

久々に邸でゆっくりと過ごした行成は、蔵人頭になって以来、多忙のまま読めずにいた書物を心ゆくまで読みふけっていた。もう奏子も薬助丸も寝所に入っていて、灯火のもと、書をめくる音だけが聞こえる。

静まり返った邸に、突如として惟弘のけたたましい呼び声が、響き渡った。

「行成様、行成様！」

行成は、顔を上げた。

「何事だ、騒がしい」

幸せな休息から引きずり出された心地で立ち上がる。寝所にいた奏子も、ただならぬ声に目覚めたのか、不安そうに行成のそばへやってきた。

夜の庭には、渡殿の釣灯籠の明かりがぼんやりと落ちている。その暗がりの中に、惟弘が跪いていた。暗がりにも、ただならぬ焦燥が伝わってくる。

「ご、ご謀反《むほん》にございます！」

「は？」

惟弘が何を言っているのか、すぐにはわからなかった。政敵の失脚を願う「呪詛《じゅそ》」ならありふれた話だが、この平安京において、朝廷への反逆を意味する「謀反」などという物騒な言葉を聞くことなどない。

惟弘は、行成を見上げて言った。

「今宵、内大臣藤原伊周様が、法皇様に向けて矢を放ったとのこと！」

「伊周殿が？　法皇様を？」

花山法皇は、先の帝であり、帝の従兄《いとこ》にあたる御方。退位した今は、出家して内裏の外にある花山院で暮らしている。

「畏れ多くも法皇様の袖を矢が射貫《いぬ》き、互いの従者が路上で乱闘となり、死人も出た様子にございます」

何かの間違いではないのか。本当に、法皇に矢を射かけたとなれば、紛れもない反逆、謀反だ。

「ただちに、内裏に参らねば」

今頃、大騒動になっているのは想像に難《かた》くなかった。奏子の方を見やると、すでに心得ていたのか、女房たちに行成の束帯を用意するように命じていた。

目配せで礼を言うと、奏子は案ずるように行成を見上げた。参内が続く行成の体を、奏子なりに案じているのだろう。だが、行成は蔵人頭だ。有事には、一刻も早く参内せねばなるまい。

(登花殿に笑顔が満ちていたのは、昨日のことだったのに)

正月十五日の粥杖の日から、一日しか経っていない。あの明るい登花殿で、貴公子の輝きを放っていた伊周が、いったいなぜ法皇に矢を射かけたのか。

とにかく、急ぎ束帯に着替えて内裏へ向かった。

清涼殿の殿上間に入ると、そこには検非違使《けびいし》別当の藤原実資《さねすけ》がいた。

検非違使は、罪人の捕縛、平安京の治安維持にあたる役人だ。その検非違使の長官である実資が深夜にもかかわらずここにいる理由が、伊周が法皇に矢を射かけた件であることは明白だった。

「遅い！ どこにおったのだ、蔵人頭！」

苛立たしげに、実資に睨まれた。

「お許しください。邸に戻っておりましたゆえ」

行成は反論することなく、すぐに謝った。

実資は、主上の父帝《ちちみかど》である円融帝の御代には、蔵人頭であった重鎮。そして、現職の検非違使別当という役職からもわかるように、曲がったことが許せぬ堅物《かたぶつ》。彼を相手に反論したところで、こちらが磨《す》り減るだけだ。それに、有事に自邸に帰っていたことを咎められるのが、蔵人頭という立場だ。

「内大臣伊周殿の件、矢を射かけたとは、まことなのでしょうか。死人も出たらしいと聞いたのですが」

行成が伺うと、実資は「まことだ」と唸るように言った。

「そのことを奏上したところだ。乱闘の末、法皇様の従者が、伊周側の従者に殺された」

行成は返事がすぐに出なかった。いったいなぜ、死人が出るほどの乱闘になったのか。そもそもなぜ、法皇に向けて矢を放ったのか。

その困惑が表情に出たのか、実資はあたりを窺って、声を低くして言った。

「法皇様がお忍びで、女人のもとへ通う途上に起きた乱闘だったようだ」

「ああ……」

平安京の大路小路《こうじ》において、往来を行く貴人たちは、牛車や行列の格式、随身の先払いの声などから、すれ違う相手の身分を判断して、地位の高い者に道を譲るのが習わしだ。しかし、時に、お忍びの外出であった場合は、相手がわからぬまま無礼を働いて、揉《も》め事になることがある。従者同士で乱闘になることも、珍しいことではなかった。

「伊周殿は、法皇様と気づかずに？」

「相手が誰とわからぬまま、従者同士が衝突したらしい。それで、無礼を懲《こ》らしめるために、伊周殿は脅《おど》しで射かけさせた。それが、法皇様の乗る牛車の御簾を突き抜けて、袖に当たってしまったらしい」

「脅しで」

行成は目を丸くした。

威嚇《いかく》とはいえ、もしも体に当たってしまえば、どうなっていたことか。相手が誰であれ、するべきではないことくらいわからなかったのだろうか。

行成は、自身が散位《さんい》にくすぶっていた時期が長かったというのもあるが、日頃から、惟弘をはじめとする従者たちには、どんなに侮辱されようと手は出すな、と言い聞かせている。余計な諍《いさか》いで心労を増やしたくはない。

だが伊周ほどの高官であれば、本人にも従者にも、それなりの矜持があるのだろう。往来で無礼な相手がいれば、敵意をあらわにするのは、今回に限ったことではあるまい。

（此度は、相手が悪すぎたということか）

実資が耳打ちする。

「それで、右大臣が、事の次第を伝えてきた」

「右大臣が？」

思わず訊《き》き返してしまった。この件を検非違使別当である実資に通報したのは、右大臣、藤原道長だというのか。

「なぜ、道長殿が、真っ先に知ったのですか」

「伊周殿は敵が多いのだ」

「敵が、多い？」

実資は、察しの悪い奴《やつ》よ、とばかりに、大仰《おおぎょう》にため息をついた。

「乱闘の起きた場に居合わせた者が、道長殿に密告したということだ」

「密告……」

花山法皇はお忍びの姿だったのだ。その場限りの乱闘で伏せることもできたであろう。それなのに、伊周が矢を射かけさせたことを、何者かが道長に伝えた。そして道長は、わざわざ検非違使別当たる実資にこの事件を伝えた。

公《おおやけ》になってしまった以上、なかったことにはできない。さらに、検非違使別当が把握してしまったということは、伊周が裁かれるのは避けられないということ。

「これが意味することがわかるか」

実資の低い声に、行成は、黙したまま頷いた。

（道長殿は、伊周殿を潰《つぶ》しにきた、ということだ）

そうなれば、伊周の妹である中宮定子も、兄とともに内裏から追放されかねない。

内大臣伊周を罪人として失脚させれば、帝の寵愛を一身に受ける定子をも追放できる。娘の彰子の入内を望む道長にとって、そして、定子と帝を引き離したい皇太后詮子にとって、これ以上の好機があるだろうか。

粥杖に夫婦の願いを込めていた、帝と定子の仲睦まじい姿を見たばかりだったのに。

すると、実資が咳払いを一つして言った。

「それで主上が、蔵人頭を呼べと仰《おお》せだ」

「はあ」

「なんだその気の抜けた返事は！」

唾《つば》も飛ばさんばかりに、叱責する実資に、行成は「いえ、そのようなつもりは」と萎縮《いしゅく》する。内大臣が皇族に矢を射かけるなど前代未聞。検非違使別当として対応せねばならぬ状況に気が立っているのだろう。とはいえ、とんだとばっちりだった。

「そなた、蔵人頭たる役目を何と心得ておる！」

「役目、にございますか」

相手は蔵人頭の経験者だ。ここで下手なことはいえぬ、と慎重に応えた。

「主上の側《そば》近くに仕え、諸事に従事し、主上と臣下を繋ぐ官職と」

「主上と臣下を繋ぐと申すが、その意味がわかっているのか」

「は……」

「主上のお考えをお伺いし、いや、言わずともお気持ちをお察しし、公私にわたり、主上をお支えする。主上の御為《おんため》にならぬとなれば、時に、大臣をも、母后《ははきさき》をも、そして主上をも、お諫《いさ》めできねばならぬ。それが蔵人頭よ」

行成は首《こうべ》をたれながら、そんな重役が己につとまるのかと、今さらながら蔵人頭という官職がのしかかってくる思いがした。

行成が清涼殿に入ると、御簾の内側でたたずむ帝の火影が見えた。

「蔵人頭、藤原行成が参りました」

御簾の前に跪き、参内の挨拶を述べる。その声でようやく行成の存在に気づいたのか、はっとした様子で帝がこちらを見やる。

「行成、きたか。すまぬな。かような真夜中に」

「いえ、そのような」

帝は小さく頷き返してから、問いかけた。

「定子のこと、いかにすべきと思う」

縋《すが》るような声で問われ、すぐには応えられなかった。伊周の行状に対する帝の考えより前に、定子のことを問いかけられるとは思っていなかった。

行成は、帝の表情を窺うように顔を上げた。しかし、二人の間は御簾で隔てられ、その表情は、ぼんやりとしか見えない。

先ほど、実資に言われた蔵人頭の役目を思い出す。

(主上のお考えをお伺いし、言わずともお気持ちをお察し……とはいえども)

帝の許しがなければ、臣下は御簾の内側に入ることもできぬのだ。気持ちを察せよと言われても、何ができるというのか。

無難な答えに徹するしかない、と思った。

「伊周殿のお取り調べが済むまで、妹君たる中宮様には、ご生家の二条北宮《にじようきたみや》へ下がっていただくのがよろしいかと存じます」

「定子を内裏から退出させるのか」

「はい」

「伊周の処遇が決まれば、内裏に呼び戻すことはできるか」

「それは……」

できる、と断言はできない。

矢を放ったのは、あくまで従者だ。従者を裁き、伊周が不問となれば、中宮定子は何事もなかったかのように内裏に戻ることもできよう。だが、それはあくまで、伊周が不問となれば、の話だ。伊周が矢を放つよう命じたという事実がある以上、どうしても歯切れの悪い口調になってしまう。

「右大臣道長様や皇太后詮子様のご意向もお伺いせねば、何とも申し上げようがありませぬ」

言いながら、頼りない返答だと思う。だが、これ以上のことが言えようか。

(なぜ、よりによって私が蔵人頭の時に、かようなことが起こるのか)

それが正直な思いだった。

行成の答えに、帝は何も言わなかった。御簾の向こうの沈黙は、納得なのか、落胆なのか、それすらわからなかった。

行成が退出した後、清涼殿は静寂に包まれた。

懐仁は、脱力するようにしてその場にしゃがみこんだ。

伊周が、花山法皇に矢を射かけた。

中宮定子の兄が……我が妻の兄が、皇族に対して不敬を働いた。それも、従者の殺害に至っている。この事態に、どう対処すればいいのか。

当たり前に考えて、人に危害を加えたのであれば刑罰は免れない。公卿である伊周の立場なら、官位剝奪《はくだつ》あるいは、遠国左遷《おんごくさせん》という形の流罪《るざい》だろう。だが、そうなれば、定子はどうなる。兄が罪人となった中宮など、今まで聞いたことがない。

もし、ここに皇太后詮子がいたら、毅然《きぜん》と伊周の処分と定子の処遇を決めただろう。そしてそれに従うようにと懐仁に強く求めただろう。

（道長に内覧宣旨を下した時もそうだった）

関白道隆が病死した後、伊周に関白の地位を授けようか、懐仁は最後まで迷っていた。この先も、定子をただ一人の后として愛し続けるには、伊周を関白とした方がよいのだ。

だが、それを詮子は強く拒んだ。

懐仁の寝所である夜御殿《よるのおとど》にまで踏み入って、伊周を関白に任じてはならない、と訴える詮子に、懐仁は負けた。

眠っていたところに母親が押し入り、暗闇の中で「伊周を関白にしてはならぬ」と同じ言葉を延々と繰り返され、夜具を被って拒もうとすればそれを引き剝《は》がし、最後は「どうして母の言うことが聞けぬのですか！」と泣きながら胸にしがみつかれた。

拒む方が無理、というものだった。

そうして、道長を右大臣に任じ、関白と同等の内覧宣旨を下すことで決着をつけたのだ。

（行成の言う通り、母上の意向を、まずは聞くべきなのだろうか）

だが、彰子を入内させるにあたり、これ以上の好機はないことは、懐仁にだってわかる。ここで、絶対に皇太后に頼ってはならないと思った。だからこそ、真っ先に行成に問うたのに。

「なんとも頼りない蔵人頭よ」

そう呟いてから、以前、定子も同じようなことを言っていたと気づく。二人で並んで櫛形窓から行成を覗き見た日、悪戯っぽい目で、言っていた。

〈優しそうな人ですね。でも、少し頼りなさそう〉

いっそ、定子自身に訊いてしまおうか。伊周の処分をいかにすべきか。定子の身柄をいかにしてほしいか。今すぐ、登花殿へ行って問うてみようか。

（いや、それはできぬ）

懐仁は首を振った。定子の意向に沿った判断をしてしまえば、皇太后はむろんのこと、文武《ぶんぶ》百官《ひゃっかん》が反感を覚えるだろう。かえって、定子の立場を悪くしてしまう。それに、兄の刑罰を妹に決めさせるなど、そのような残酷なことをさせるわけにはいかない。

（これは、朕が、一人で決めねばならぬことだ）

懐仁は、ゆっくりと顔を上げた。

いつの間に灯火が燃え尽きたのか、清涼殿には静かな暗がりが広がっていた。その静謐《せいひつ》の中に、懐仁は、たった一人でしゃがみこんでいる。

懐仁が一声呼べば、すぐにでも女官か蔵人が明かりを灯しにくるはずだ。だが、どんなに明かりを灯そうとも、この静謐という闇は消えることがないとわかっていた。

三

二月に入って、勅命が下った。

実際に矢を射かけた従者の捕縛とともに、伊周の罪状も問われることとなった。

そして、月が替わった三月四日、中宮定子は、生家の二条北宮に里下《さとさ》がりとなった。

ところが、誰もが「謀反人の妹」となった定子と関わることを忌避《きひ》して、供奉役《ぐぶやく》を引き受けない。中宮の内裏退出には公卿が付き従うのが決まりとなっている。

行成は、蔵人頭として、供奉してくれる公卿を探し回る羽目になった。

「ええい、いっそ私が公卿であったらよかったものを」

公卿たちのもとを訪ね歩き「ご奉仕を」と頭を下げて回る最中、つい愚痴をこぼしてしまう。

公卿は従三位《じゆさんみ》以上の官位の者。行成は従四位下だ。公卿までの階段は、あと四段もある。すげなく断られるたびに、己の官位を恨みたくなる。

ある者は、行成が訪ねるなり、声を荒らげた。

「法皇様に矢を射かけるなど、許されるはずもなし！ その妹君の供奉などできるか！」

そしてある者は、伊周への不満をたらたらと述べるのみ。

「そもそも、伊周殿の振る舞いは、腹に据えかねていた。ことあるごとに、関白の嫡子だ、中宮の兄だと、己の優位を振りかざし……」

ひたすら傾聴に徹し、無駄な時を費やした。

物忌《ものいみ》と称して、「今しばらく誰にも会えぬ」と門前払いをくらったこともある。「皇太后様と右大臣の心証が悪くなると困るのでな」とあからさまに保身に徹する者もいた。

もはや、頼める公卿はこの人しかいない……と、恐る恐る、右大臣道長を訪ねると、

「私が？」

と、一言で返された。腸《はらわた》を捻《ひね》られたかと思うほど腹が痛くなった。

ようやく、行成の前任の蔵人頭であった源俊賢と、平《たいらの》惟仲《これなか》が供奉を引き受けてくれた。困り果てた行成を見るに見かねて、といった様子だった。

「私もかつて蔵人頭をつとめた身。行成殿の苦労は察するに余りある」

源俊賢にそう言われ、行成は危うく落涙するところだった。

四

清涼殿の前庭の竹が、風に若緑色の葉を揺らしている。

正月の伊周の謀反騒動から数か月、季節はすっかり春になっていた。

懐仁は、朝の陪膳をつとめる行成の顔を窺った。宿直明けということもあるだろうが、目の周りや肌つやに、疲労がくっきりと表れている。過日、三月四日の中宮定子の里下がりに行成が奔《ほん》走《そう》したことは、懐仁も承知していた。

「行成、この数か月、ほとんど邸に帰っていないのではないか」

「いいえ、そのような。二日ほど帰っております」

「二日……」

やや言葉を失った後、懐仁はため息まじりに言った。

「頃合いを見計らって定子の内裏還御《かんぎょ》を、と言いたかったのだが。また行成に苦労をかけると思うと、軽々しく命じることはできぬか」

今は、伊周は自邸で謹慎に徹し、処分の言い渡しを静かに待っているという。この静寂の合間に、一度でいいから、定子に会いたかった。伊周を裁かねばならなかった経緯や、定子への想いをしっかりと伝えたかった。

するると、行成は言いにくそうに口を開く。

「中宮様は伊周殿の妹君にございますれば、伊周殿の罪状次第では……」

「定子に罪はない」

つい、強い口調で言い返してしまった。行成は困惑した様子を見せた。

「さようにございますが、しかし」

「定子が内裏に帰るのを、許さぬ理由がどこにある？」

「は……」

「定子に罪はなく、罪のある兄は厳正に裁く。だとしたら、定子が還御できぬ理由は何だ」

「ご無礼をお許しください。出過ぎたことを申しました」

行成の顔は血の気が引いて、もはや蒼白《そうはく》になっている。懐仁はやや声を落ち着けて言った。

「そなたを責めるつもりで言ったのではない」

「いえ、主上のお考えをお察しできなかった私が至らなかったのでございます」

恐懼して平伏する行成の背を見やり、懐仁は小さく息を吐いた。

こんな時、この帝という立場が、心底いやになる。

己の言動、態度一つで、こうして臣下を蒼白にさせてしまう。懐仁とて、苛立つこともあれば、感情に流されることもある。それは人として当たり前のことではないのか。それなのに、いついかなる時も、帝であらねばならない。

（己が望んで立った場所ではないのに）

物心ついた時には、東宮だった。

あなたは帝になるのだ、と母からは言い続けられ、期待をかけられた。少しでも母の思いに応えられねば、失望された。

誰も、一緒に笑ったり、泣いたり、怒ったりしてくれない。

そう、定子以外は。

そのたった一人を、失うわけにはいかなかった。その思いで、懐仁は言った。

「伊周を厳正に裁くのも定子のため。堂々と内裏に呼び戻すために、伊周にはいかなる処分も受け入れてもらわねばならぬ。兄として妹を想うのならば」


行成が蔵人所へ下がると、懐仁は一人になった。

そうして、何も言わず立ち上がった。

そのまま清涼殿を出ようとすると、控えていた女官が付き従った。向かう先は登花殿だった。

そこに定子はいないことがわかっていても、むしょうに登花殿に行きたくなったのだ。

「ついてこなくてよい、登花殿に参るだけだ」

登花殿は、清涼殿からはさして離れていない。それでも、女官は難色を示した。

「主上お一人でお出かけいただくわけには……」

「そなたのことを、咎めはせぬ」

「ですが」

女官は困惑しながら、なおも懐仁の後をついてくる。懐仁は小さく息をついた。

(一人になりたいという気持ちさえ、叶《かな》わぬのか)

かといって、ぞんざいな言葉を遣うことはできない。帝が苛立ちをぶつければ、この女官は職を失うかもしれない。

吐息に感情を隠した。

登花殿に着くと、改めて、女官を振り返った。

「ならば、ここで待っておれ」

女官に登花殿の手前の渡殿で控えているように命じた。

登花殿に入ると、そこは静まり返っていた。外はうららかな春の陽光なのに、誰もいない部屋の中はうすら寒く、足元から冷えてくる。

定子が使っていた調度品は、そのまま残されていた。それが余計に定子の不在を示している気がしてならない。定子が座していた畳、脇息、几帳や屏風《びょうぶ》、文机には硯《すずり》も筆も置いてある。そして衣桁《いこう》には薄紅色の小袿がかけられたまま。

懐仁は、その薄紅色の小袿に手を伸ばした。定子の香りが、ふわりと懐仁の鼻から脳裏にまで広がる。たまらず、小袿を抱き寄せた。

「許せ、定子」

懐仁は、伊周の処分を決めていた。

大宰権帥《だざいのごんのそち》への左遷、つまり九州、大宰府《だざいふ》の長官という名目での都からの追放。

あとは、正式に配流《はいる》宣命《せんみょう》を下すだけだった。

本当は、できうるものなら謹慎処分に留めたかった。伊周が都を追われるということは、定子は後ろ盾を失うことと同じだったから。

だが、謹慎処分に留められぬ理由が生じていた。花山法皇へ矢を射かけた事件の後、にわかに、伊周に皇太后呪詛の嫌疑がかけられたのだ。土御門邸にいる皇太后詮子が病悩し、その床下から、呪詛に使う厭物《いやもの》が見つかったという。

それが発覚した時、道長は殿上間にいる者たちに向かって声高《こわだか》に言った。

皇太后を呪ったのは伊周に違いない、と。

それに誰も異を唱えなかった。本当にそうなのか、伊周がやったという証はあるのか、と問い返す者すらいなかった。ここで異を唱えたところで、伊周と一緒に潰されてしまいかねない。そんな恐ろしいことを好んで行う者など、誰もいなかった。

行成だって、そうだった。

その光景を、懐仁は黙って櫛形窓から見ていた。

どういうわけか、何の感情も湧いてこなかった。皇太后詮子への呪詛は、懐仁にとって母親を呪い殺されそうになったのと同じこと。それなのに、動揺も、怒りも、哀《かな》しみさえも湧いてこなかった。

心にあるものをあえて言葉にするならば、寂しさだろうか。

（朕の周りにいる者は、母も、妻も、争いの道具にすぎぬのか）

薄紅色の小袿を抱きしめていた腕をゆるめ、懐仁は深い吐息とともに呟いた。

「いや、この身とて、そうか」

母に言われたことがある。

〈私はなんとしてでもあなたを帝にしてみせる〉

母と楽しく遊んだ思い出は残っていないのに、母から言われたその言葉だけは、はっきりと覚えている。

父の円融帝にとって、詮子との間に生まれた懐仁が唯一の男子だった。

詮子は、当然のごとく、中宮の座につけると信じていた。それなのに、円融帝が中宮に選んだのは、子のいない女御、遵子《のぶこ》だった。

それは、詮子の女としての心を深く傷つけたのだろう。世継ぎとなる男子を産んだというのに、永遠に二番目の妃として、中宮遵子に頭を上げることができない。

〈私はなんとしてでもあなたを帝にしてみせる〉

その言葉に続くものが〈そうなれば、私は皇太后になれる〉つまり、中宮の上に立てる、だということに気づいたのは、いつ頃だっただろうか。

懐仁は、己自身にそっと問いかけた。

「朕は、何のために、生きているのだろうか」

母は、中宮の座につけなかったことを、いまだに恨んでいる。たとえ、息子が即位して国母となり、皇太后となろうとも。

何の苦労もなく懐仁の中宮の座を射止めた、定子を妬《ねた》むほどに。

五

その年の四月二十四日、正式に配流宣命が下され、伊周の大宰府への左遷が決まった。ところが、事は思わぬ方へ向かった。伊周はその処分に従わず、中宮定子が里下がりをしている二条北宮に立て籠もったのだ。

中宮の御座所であることを盾にして、伊周は数日間、立て籠もり続け、ついに五月一日、検非違使が二条北宮に押し入る事態となってしまった。知らせを受けた行成は、状況を把握するべく、急ぎ、馬で二条北宮へ向かった。

二条北宮の門前には、騒ぎを聞きつけた群衆が黒山となっている。

「これは、とてもではないですが、近づけませんね」

行成とともに騎馬で付き従っている惟弘が、首を伸ばして言った。

検非違使が二条北宮の門を固めている。立て籠もっている伊周が、この混乱に紛れて逃亡することを防いでいるのだろう。

「近づけぬと言っている場合ではあるまい。通せ、頼む、通してくれ！」

行成は群衆を掻き分けるように進んで行く。さすがに馬で踏み入ると、誰もが立ち退き、道が開けていく。

やっと門前まで辿《たど》り着くと、険しい目を光らせている検非違使に声をかける。

「蔵人頭の藤原行成である。主上に状況をお伝えせねばならぬ、ここを通せ」

蔵人頭と聞いて、検非違使は一礼をして通してくれた。行成は、惟弘に馬を預けて門を潜《くぐ》る。

邸に上がった行成は、目の前の光景に、唖然とした。

家人の姿はどこにもなく、検非違使たちが土足で廊や部屋を歩き回っている。部屋の戸は打ち破られ、あちらこちらの床板や御簾までが剥がされている。

「ここは中宮様の御座所ぞ！」

思わず、手近にいた検非違使の肩を摑んでいた。たとえ罪人が隠れていようとも、無礼が過ぎる。当の検非違使は、行成のことを二条北宮の家人の一人とでも思ったのか、行成の腕を乱暴に振り払った。

「謀反人、藤原伊周の捜索である！　たとえ、中宮様の御座所であろうと、謀反人を匿《かくま》っているのであれば、いたしかたなし！」

だが、床や御簾を引き剝がすほどの大捜索だ。中宮定子が万が一、怪我《けが》でもすれば事態はさらにややこしくなりかねない。

（中宮様はどこにいらっしゃるのか）

まずは、中宮定子の安否を確かめねば。

行成は大股で邸の中を突き進んだ。すると、廂の間で女房たちが身を寄せ合っている姿が見えた。検非違使たちの濫入《らんにゅう》に怯え、若い女房や女童などには泣いている者もいる。その中に、登花殿で見たことのある淡青色の唐衣裳姿を見つけ、行成は声を上げた。

「清少納言、か？」

その名に、淡青色の女房が、はっとして顔を上げた。

清少納言は、周りの女房達がすすり泣く中でも、毅然としていた。

「あなた様は、蔵人頭の」

頷き返すと、女房たちを掻き分けて清少納言のもとへ行った。挨拶などしている余裕はない。

行成は、真っ先に問うた。

「中宮様はいずこに」

清少納言は立ち上がると、言葉少なに答えた。

「庭の御車《おくるま》の中に」

「御車？」

清少納言が指す方を見やると、庭先に一台の牛車が止められていた。その牛車の御簾の端から、女人の袖がこぼれ出ていた。邸に検非違使が押し入るという事態に、取り急ぎ牛車に移されたのだろう。中宮の無事が確認されて、行成はひとまず安堵の息をついた。

しかし、それも清少納言が告げた言葉ですぐにかき消えた。

「中宮様は……御髪を断たれました」

「御髪を、断たれた？」

清少納言は、頷いた。女人が髪を切るということは、出家《しゅっけ》する、つまり尼《あま》になるという意味だ。中宮ともあろう立場の者が、帝の許しもなく独断で出家するなど、ありえない。

「なぜ、お止めしなかったのだ！」

勢い、声を荒らげてしまった。すると、清少納言は睨みつけるようにして言い返した。

「お止めする間もなかったのです！」

清少納言は、行成に詰め寄ると言った。

「突然、邸に検非違使が押し入ったのですよ！　それも、中宮様の御座所である居室にまで踏み込んで、御簾を引き剝がし、几帳を打ち倒し、私たちとて、恐ろしい思いをしながら、せめて中宮様を御車にお移しせねば、と必死だったのです！」

「それは……」

「とにかく御身《おんみ》を牛車に、と私たちが気を取られている隙を見て、中宮様はみずから鋏《はさみ》を持って……気づいた時には、もう、黒髪が床に散らばって」

次第に清少納言の声は途切れ、震えていく。

生家に検非違使が押し入り、目の前で兄を捕縛されるという屈辱と恐怖は計り知れない。だが、たとえ衝動に駆られた行動であっても、断ち切った黒髪は、戻らない。

「私とて、止められるものならば、止めたかった」

清少納言の目は潤んでいた。

「すまぬ」

行成が気まずく言うと、清少納言は「いえ」と、こぼれそうになる涙を拭った。

行成は、牛車を見やって言った。

「では、御車にいらっしゃる中宮様はもう」

清少納言は頷くと、その言葉を継いだ。

「尼宮《あまみや》様にございます」

ここに誰もいなければ、頭を抱えたかった。

(どう、主上にお伝えせよというのだ)

定子は、俗世を捨てた。中宮の座をみずから捨てた。内裏に還御することは、永劫《えいごう》叶わない。

前例のない事態に、呻《うめ》きそうになる。

可憐な高慢さで帝をも魅了した、すべてを撥《は》ね返すような奔放な明るさはどこへ行ったのか。いくら兄が配流となり、追い詰められたからといって、まるで人が変わったかのように取り返しのつかない選択をしてしまった。その定子の感情の急落が、行成には理解できなかった。

そこへ、さらに追い打ちをかける言葉が、清少納言から発せられた。

「中宮様は、ご懐妊されていらっしゃいます」

「は？」

「まだこの二条北宮にいる女房たちしか存じません。主上も、ご存じないことにございます」

「そ、そんなことは……」

ありえない、いや、あってはならない。粥杖の願いが、どうして、こんな時に叶ってしまうのか。定子の懐妊が事実だとしたら、帝の初めての御子が、尼から生まれることになるのだ。

六

それからひと月ほどが経った六月、清涼殿で行成はうなだれていた。

いや、うなだれているのではなく、御簾の向こうの帝に低頭しているのだ。だが、気持ちの上ではうなだれているに等しい。

（不運とは、どうして続くのか）

中宮定子が髪を断った。それだけでも十分、取り返しのつかない事態だというのに、不運はそれだけで終わらなかった。

二条北宮が、全焼したのだ。

中宮が帝の許しもなく出家するなどあるまじき行為、と批判が高まる中での邸の火事に、祟《たた》りだ、神罰だ、災厄だ、と人々は大騒ぎした。だが、実際のところは、没落していく貴族の邸に盗賊が入り、逃亡する際に証拠を隠滅するために火を放ったといったあたりだろう。

定子は、牛車に乗る余裕もなく、侍《さむらい》に背負われて逃げたという。尼削《あまそ》ぎの髪となった姿を、それも、男に背負われて焼け出される姿を、都の衆人のもとに晒したのだ。

帝の后、中宮ともあろう女人として、これ以上の凋落《ちょうらく》があろうか。

黙したままの帝に、行成は奏上を続けた。

「中宮様は、お母君の御縁者、高階明順《たかしなのあきのぶ》邸に身を寄せられました。見舞いの品として……」

蔵人頭として把握していること、帝の代わりに見舞いの品を手配したこと、それらを漏れなく奏上している時、帝が口を開いた。

「なぜだ」

その呟きは、あまりにも小さくて、聞き逃しそうになるくらいだった。行成はやや身を乗り出して耳をすました。

「なぜ、兄を選んだのだろう」

その言葉に、行成は、はっとした。

剃髪《ていはつ》をすれば、内裏には二度と戻れなくなる。定子が、それを知らなかったとは思えない。その上、懐妊しているのだ。お腹の子が生まれた後のことを考えれば、中宮としての立場を失うわけにはいかないだろう。それなのに、髪を断った。

それはつまり、帝の妻であることよりも、伊周の妹であることを定子は選んだと、帝は言いたいのか。

答えられずにいる行成に、帝はさらに問いかけた。

「定子にとって、朕は、何だったのだろう」

「主上にございます」

行成の答えに、帝は、喉《のど》を鳴らして小さく笑った。

「それは、夫ではない、ということか」

「いえ、そういうつもりではなく」

行成は慌てて訂正しようとした。だが、帝は制した。

「よい。そなたを咎めたいのではない。朕がそう思ったのだ」

御簾の内側で、帝が立ち上がる気配がした。

「行成とて、こうして朕の側にいるのは、蔵人頭だからであろう。任官が解ければ、朕を案ずることもあるまい」

「そのようなことは……」

ございません、と言えるだろうか。

蔵人頭としてつつがなく職務をこなす。だが、それは帝にとってはどうだったのか。それを慮ることもなく、己の安穏《あんのん》だけを考えていたのではないか。

行成はそっと、御簾の内側を窺った。

袍に包まれた肩の線はなだらかで、初めて竜顔を仰いだ時と同じ静謐を背負っている。

この静謐の中にあるものは、孤独、という静けさではないだろうか。

誰もが、彼を帝と仰ぎ見る世で、文武百官の上に独りで立ち尽くしている。この孤独にかける言葉など、果たしてこの世に、あるのだろうか。

(ないかもしれない。それでも……探すことはできるのではないか)

そう思った時には、口を開いていた。

「主上のご決断は、間違ってはいなかったと思います」

初めて、帝に向かって、己の考えを述べていた。

「もし伊周殿をお許しになっていたら、中宮の兄ならば何をしても許される、とおっしゃっているのと同じになってしまったでしょう」

そのようなことを、右大臣道長が、皇太后詮子が、そしてこの国の民が、許すはずがなかった。

「裁くことによって中宮様を守りたかった、そのご決断は、間違っていなかったと思います」

帝は、また、小さく喉を鳴らした。

「裁かねば、守れなかった」

「主上……」

「たった一人の妻を愛せる行成が羨ましい。私には、たった一人を守ることさえも、ままならぬのだ」

そう言うと、帝は声を詰まらせた。行成はようやく気づいた。喉を鳴らしたのは、小さく笑っていたのではなく、泣きそうになるのをこらえていたのだ、と。

(どうして、気づけなかったのだろう)

帝は、この手が震えていることにさえ気づいてくれたのに。行成は、帝の涙にも気づけなかった。

もし、御簾の中で涙をこらえているのが、一人の十七歳の少年だったなら。今すぐにでも、その震える肩に手を置くだろう。泣いていいのだ、いくらでもそう言うだろう。だが、十七歳の少年である以前に、帝なのだ。どんな時も、帝であらねばならぬのだ。

臣下である行成は、許しがなければ、御簾の中にも入れない。

(それでも、私がこの人のためにできることは、何なのか)

その想いが、行成を一歩前へ膝行させた。その気配を察した帝が、行成を見やる。行成は手をつくと言った。

「私は、器用ではないのです」

「器用ではない？」

「主上は、私の手が震えていることを見てくださっていた。それなのに、私はあなた様が涙をこらえていらっしゃることにすら、気づけなかった。そのくらい私は不器用で、鈍いのです」

そう言うと、顔を上げた。そうして、目の前の孤独な少年に向かって言った。

「こんな私を蔵人頭に任官されたのですから、どうかこれからは私の前ならば、声を上げてお泣きください。そうでないと、私はあなた様の涙に気づけない」

「行成……」

「あなた様の想いを知り、その答えをともにお探ししたい。それが蔵人頭としてのつとめであると思いたいのです」

その誓いに、躊躇《ためら》いはなかった。

帝が、その場に座り込む。それは、立ち続けることに疲れてしまった姿にも似ていた。

御簾の内側から「うっ」と嗚咽《おえつ》が漏れた。

小さな嗚咽はやがて徐々に大きくなり、抑え込んでいた心から溢流《いつりゆう》するかのごとき涕泣《ていきゆう》となっていく。

行成は、御簾の内に膝が入るのではないかというくらいまで進み出た。

すると、御簾の中から、そっと手が差し出された。涙に濡れた指先が、行成の膝に置かれた。

畏れ多さのあまり息をのむ。だが、その繊細な指先はあたたかく、そして震えていた。

「定子を失いたくない」

そのたった一つの願いに、頷き返した。

生まれながらにして、帝として生きるしかなかった。その逃れようのない孤独に、頬を濡らしている。この少年のために、行成ができることは、何だろうか。

第三章

鵲と鶏

一

「また職曹司《しきのぞうし》にございますか」

惟弘のぞんざいな口調に、行成は軽く睨み返す。

「また、とはなんだ。職務で参るのだぞ」

内裏の周りは、大内裏と呼ばれ、諸官庁の殿舎が立ち並んでいる。夕刻の大内裏は、退庁する官人たちや、宿直のために登庁する官人などがせわしく行き交っている。

その中を、行成は惟弘を従えて歩いていく。向かう先は、中宮職《しき》の殿舎である職曹司。内裏の建春門《けんしゅんもん》を出れば真向かいにあるその殿舎は、徒歩で事足りる距離だ。

夏の夕空は、夜の気配もまだ遠く、明るい西陽に燕《つばめ》が気持ちよさそうに横切っていく。

それを見上げて、行成はため息が漏れた。

(中宮定子様のご出家から、もう一年が経ったのか)

定子の出家から、慌ただしく年が明け、気づけば桜を愛《め》でる余裕もないまま花びらが舞い、若葉が萌《も》え、牡丹《ぼたん》が咲いたかと思えば梅雨《つゆ》も過ぎて、今では束帯が汗ばむほどだ。

蔵人頭になって三年目、長徳三年の夏が訪れている。

時の流れの速さに、ため息を漏らす。その行成の隣で、惟弘も息をついた。

「今年の六月に中宮様が職曹司に入られて以来、行成様は、内裏と職曹司との往復に明け暮れて」

「職曹司などと軽々しく呼ぶな。今は中宮様の御座所だぞ、職御曹司《しきのみぞうし》と呼べ」

「なんだか仰々《ぎょうぎょう》しいですねえ。呼び名は中宮様とはいえ、もう……」

行成は、これ以上は言うな、という意味を込めて咳払いをした。惟弘はやや気まずそうに口をつぐむ。

だが、惟弘の言葉は、世の人々の、中宮定子に対する感情そのものだった。

尼となった定子は、内裏に戻れない。内裏に帰るためには、還俗《げんぞく》せねばならない。ゆえに、今は、職御曹司を中宮御所として、還俗までの間を持たせようとしているのだった。

だが、それを道長と皇太后詮子はむろんのこと、官人たちは厳しい目で見ていた。尼である定子は、中宮としてのつとめは果たせない。定子を失いたくない、という帝の私情だけで、立場が保たれているといっても過言ではなかった。

「内裏と職御曹司を隔てるこの道が、まるで天《あま》の川《がわ》のようではないか」

離れている夫婦の様を、もう間もなく訪れる七夕《たなばた》、牽牛《けんぎゅう》と織女《しょくじょ》のようだと譬《たと》えると、惟弘が

「なるほど」と頷いた。我ながら、いい譬えができたなと思っていると、惟弘が言った。

「主上と中宮様が牽牛織女ならば、行成様は天の川を渡す鵲《かささぎ》ですか」

「鵲……」

譬えを間違えたな、と思う。

だが、事実そうかもしれぬ。帝が内裏から一歩でも外に出ると、それは行幸となり、大仰なことになってしまう。そして、定子自身は内裏には入れない。かつてのように会えぬ二人を繫ぐのは、行成の役目だった。

「しかし、よく思いつきましたね。職御曹司を、中宮御所にするなどという策を」

「思いつくもなにも、今までだって、喪に服される時など、職御曹司に入られることはあったであろう」

「先例がある、と押し通したわけですね」

「押し通すなど、人聞きの悪い。よいよい、もう何も言うな」

行成は軽く手を振って惟弘を黙らせようとした。すると、惟弘は、あっけらかんと言った。

「そういえば、職御曹司に行くと、必ずあの女房がおりますなあ」

「会いたくて会っているわけではない」

即答で返す。惟弘が言っている「女房」には、思い当たる節がある。あの淡青色の唐衣裳姿、清少納言のことを言いたいのだろう。

「そんなことをおっしゃって、また真っ先に、あの女房に声をかけるのでしょう」

「他に中宮様へのお取次ぎを頼める女房がおらぬだけだ」

「行成様、口下手《くちべた》ですからね」

否定はできない。そもそも、奏子以外の女子と言葉を交わすのは苦手だ。とくに後宮に仕える女房たちは、噂好きで、人の揚げ足を取るのが好きで、にこにこと笑っていても後で悪口を言っているのを見たり聞いたりすると、心底うんざりする。そういう意味では、言いたいことはその場ではっきりと言ってしまう清少納言が、嫌いではなかった。

「御年二十六になられて、行成様が北の方様以外の女人とお話しなさるとは。あの女房が初めてでございますぞ。いっそこのまま恋文でも……」

「これ以上言うと、怒るぞ」

惟弘を軽く睨むが、へらっと笑うだけでこたえた様子はなかった。


職御曹司は、中宮職の役所とはいえ庭もあり、しつらえも一見すれば小さな邸といった雰囲気だ。庭の木々が西陽に葉影を落としている。

「時折、簀子縁《すのこえん》にまで雀《すずめ》が遊びにくるのですよ」

先を案内する清少納言が言った。その朗らかな声は、定子の没落を少しも感じさせない。まるでほんの一時、山荘か離宮にでも滞在しているかのような口ぶりだ。

先ほど職御曹司に着くと、すでに淡青色の唐衣裳姿が待っていた。相手も、蔵人頭は清少納言を取次ぎに指名すると心得ているのだろう。

「今朝は百合《ゆり》が咲いていたので、お摘《つ》みして中宮様にお見せしようかとも思ったのですが、中宮様は、そのままにしておいてと。花は咲くままに、散るままにと」

「そうですか」

美しい感性だと思うが、気の利《き》いた返事もできぬ。こんな時、淡々と対応してしまう行成を、内裏の女官たちは「冷たい」「つまらない」などと陰で言っているらしい。だが、清少納言は、行成のそっけない言動を気にする様子もない。

「姫宮《ひめみや》様も、中宮様に抱かれて庭を散策なさりましたよ」

姫宮とは、定子が髪を断ったあの日、懐妊していたお腹の子である。

月満《つきみ》ちて、昨年末の十二月に生まれた第一子は、女の子だった。生まれてもう半年は過ぎている。表情も豊かになる頃だが、帝との対面はいまだ叶っていない。日々、行成が見聞きしたことを伝えることで、十八歳の父親たる帝は「我が子」の姿を思い描いている。

そこに、雀が鳴いて、簀子縁の欄干《らんかん》に止まった。よく見れば、粟粒が少し撒《ま》いてある。小鳥好きな女房か、それとも定子自身か、気を紛らわすためにやったのだろうか。

そう思いを巡らした時、清少納言がそれを察した。

「中宮様が撒《ま》き餌《え》をなさっているのですよ。小鳥が集まれば、姫宮様がよく笑うので」

定子の居室の前まで案内すると、清少納言は先に入って定子に蔵人頭の来訪を告げる。行成はその間、御簾の前に座して待っていた。

ややあって、清少納言が戻ってきた。

「ご多忙でなければ、どうぞお入りくださいと中宮様が。赤子の様子は直にご覧になられた方が、主上にもお伝えしやすいでしょう」

(ご多忙ではある、が)

今宵は宿直の予定だ。宿直の間は、帝の召しがない限り蔵人所で雑務ができるため、内裏に戻るまでは、体はあいている。

勧められるまま居室に入ると、おすわりをする赤子と真っ先に目が合った。行成の姿を見て、桃色の口元がにこりと笑む。

(可愛い……)

うっかりその言葉が出そうになる。両親の良いところを見事に受け継いでいる。綺麗な形の目は定子に、色白の肌と輪郭は帝に。人見知りをすることもなく、座した行成の膝にも無邪気に手を置いてくる。抱き上げてやりたいところだが、相手は姫宮、畏れ多くも内親王となる立場だ。

どうしたものか、と清少納言を見やった時、赤子にかける静かな声がした。

「これ、姫宮。蔵人頭が困っていますよ」

顔を上げると、そこには尼姿の定子が立っていた。黒髪を肩のあたりで切りそろえた尼削ぎに、鈍色《にび》の袿を纏っている。その姿は、幾度見ても、行成の胸に一抹《いちまつ》の不安をよぎらせる。

（中宮様は、いつ還俗なさるおつもりなのだろうか）

中宮として内裏に戻ることを、帝は切《せつ》に望んでいる。その意を受けて、定子は職御曹司に入ったはずだ。だが、一向に髪を伸ばすこともなく、色鮮やかな襲を纏うこともない。還俗せぬことには、内裏還御は叶わない。かといって、この先いつまでも職御曹司に居座り続けることは許されないだろう。もたもたしていれば、中宮の座に娘の彰子を、と道長が言い出すのは想像に難くない。

定子は今、己が置かれている立場をどう思っているのだろう。それを窺うように定子を見やる。その顔は、何を考えているのかわからないほど、表情がない。伊周の騒動が起きる以前は、あんなに包み隠すことのない笑顔を見せていたというのに。今の定子には、一切の感情を感じられないのだ。

そしてそれは、還俗の気配を見せぬこと以上に、行成の心を不安にさせていた。

姫宮を抱き上げる定子は、微笑すら見せない。愛らしい我が子を抱いている母とは思えぬほどの表情の乏しさに、その尼姿も相まって、定子の置かれた境遇の異様さは際立《きわだ》っていた。

「主上はいかがお過ごしであろう」

定子は姫宮を抱いたまま、淡々と行成に問うた。

「一日も早い、中宮様のお戻りをお待ちにございます」

さりげなく、還俗はまだなのかと匂わせたつもりだが、定子は話をかわした。

「姫宮の名は、お決めになられたか」

その問いに、行成は曖昧に笑んだ。姫宮の名を付けてほしければ還俗をしてくれ、という言葉が喉元まで出かかる。

姫宮は、いまだに正式な内親王宣下を受けていない。つまり名が付けられていなかった。

赤子が生まれたのは、出家をした後のこと。中宮であって中宮でない立場で産んだ子を、内親王として認めてよいのか。前例がない上に、後ろ盾となるべき伊周は左遷されている。

今年の四月、皇太后詮子の病気平癒《へいゆ》を祈願した大赦《たいしゃ》が行われた。それによって、伊周も赦免となり、都への召還が許されてはいた。だが、この先、中宮の後ろ盾となるような要職に就くことはあるまい。

「主上は、内親王宣下を強くお望みなのですが……」

「大臣たちが、顔をしかめていると。とくに左大臣が」

行成は返事に窮した。左大臣とは、道長のことである。

定子が出家し、二条北宮が炎上した翌月、道長は大臣の最高位である左大臣に昇進した。そこに皇太后詮子の後押しがないはずはない。彰子を万全の態勢で入内させるための布石であり、周囲への牽制《けんせい》だろう。右大臣の娘として入内させるのと、左大臣の娘として入内させるのでは、格が違う。

定子を一日でも早く還俗させて内裏還御を叶えなければ、このままでは定子も生まれた赤子も、この世から居場所を失いかねない。

行成はその焦りと苛立ちを隠しきれずに言った。

「中宮様が還俗なされば、内親王宣下に反発する者はおりますまい」

「還俗はせぬ」

きっぱりと言われて、行成は動揺した。定子は、無表情のまま言った。

「私がどんな思いで髪を断ったか、誰にもわかるまい」

誰にも、ということは、帝にもわかるまいと言っているのか。

「行成、そなたも、衝動に駆られて、浅はかに鋏を持ったと思っているのだろう」

「いえ、そのようなことは」

「私とて、懐妊のまま出家すればお腹の子がどうなるか、想いが巡らぬほど愚かではない。だが、それでもいいと思ったのだ」

「そんな……」

定子は行成に問いかけた。

「出家とはこの世を捨てること、そうであろう?」

「さようにございます」

「兄が罪人として捕えられ、それを裁くのは夫。こんな世を、私は捨ててしまいたかった」

定子の言葉に、その場にいる誰もが沈黙した。定子は姫宮を抱いたまま、簀子縁の方まで歩んでいく。撒かれた粟を啄《ついば》んでいた雀が、人影に驚いて飛び去ってしまった。その小さな羽ばたきの音さえもが聞こえる。

静寂に、定子の言葉が響いた。

「主上は、いかなる時も、主上なのだ。私は此度のことで、それを思い知った。たとえどんなに妻が追い詰められようと、夫として手を差し伸べてはくださらぬ人なのだと」

「それは、主上はこの国の……」

帝なのだから、と言おうとした行成を、定子は静かな口調で遮った。

「私はずっと……藤原道隆の家に、女子として生まれた瞬間からずっと、后となるためだけに生きてきたのだ」

その言葉に圧倒される思いで、行成は黙るしかなかった。

定子は、腕に抱く姫宮に視線を落として続けた。

「けれど、中宮としてではなく、定子としての私を求めてくるあの御方を、私は、いつしか、お慕《した》いしてしまった。私だけを想うことが、許されぬ人だということも、忘れてしまうくらいに」

そうして、深い吐息とともに、言葉をこぼす。

「兄は……伊周は、そんな私の想いを、わかっていたのだと思う」

行成は定子を見つめることしかできない。

だから、伊周は、関白になることに固執したというのか。己が関白にさえなれば、妹はただ一人の后としてあり続けることができると。だが、その兄として妹を想う心が、高慢な矜持となって、多くの敵を作ってしまった。

定子は行成の方をゆっくりと振り返る。

その洞《ほら》のように輝きを失ったまなざしで、定子は行成を見つめて言った。

「兄が罪人として捕えられ、それを裁くのは夫……それを招いてしまったのは、私なのだ」

定子は、産声《うぶごえ》を上げたその瞬間からずっと、后となるためだけに生きてきた。それなのに、いつしか、后としてではなく一人の女人として、帝を想ってしまった。その感情が招いた代償を突きつけられた時、もう、その手に、鋏を握るしかなかったのだろう。

「出家したことに、後悔は微塵もない」

定子の言葉に、行成はうなだれ、心の中で深く嘆息した。

(これほどの片想いが、あるだろうか)

帝と后であるがゆえに、人としての想いを貫けない。たった一人を想うことで、歪《ゆが》んでしまうこの世から、もう、定子は消えてしまいたくなったのだ。

あの日、帝が涙とともにこぼした願いがよみがえる。

〈定子を失いたくない〉

裁かねば定子を守れなかった。それほどまで定子を失いたくなかった。それなのに、その願いが、定子を追い詰め、その心を壊してしまった。

「この後、内裏に参るのか」

定子の問いに、行成は顔を上げた。

「今宵は、宿直にございますゆえ。中宮様から主上へのお言伝《ことづて》はございますか」

「ならば、姫宮の名は、生涯を穏やかにまっとうできる名がよいと」

行成と定子の間に、重い沈黙が漂う。

そこに、清少納言の声が割って入った。

「今宵は宿直なのですか。朝まで語り明かそうと思っておりましたのに。鶏《とり》の空音《そらね》に急《せ》かされて、といったところでしょうか」

「鶏の空音……」

空音とは、鳴き真似《まね》のことだ。それで、すぐに行成は『史記《しき》』の中にある逸話だと察した。漢文が好きな定子もそれがわかったのか、感情の動きはないものの、問い返しがあった。

「それは、孟嘗君《もうしょうくん》の話か?」

定子の言葉に、清少納言は言った。

「孟嘗君ほど頼もしい蔵人頭ではなさそうですが」

清少納言の戯《たわむ》れに、定子は微笑みも見せない。だがそれでも、重苦しくなっていた場が、ほんの少しだけ、ふわりとしたものに変わったような気がした。

斉《せい》の国の孟嘗君が秦《しん》の国を脱出する時の話だ。深夜の関所、函谷関《かんこくかん》を開かせるために、仲間に鶏の鳴き真似をさせて、門兵に朝と勘違いさせたという逸話である。

行成も調子を合わせて応えた。

「このまま朝まで語り明かしたいところでございましたが、鶏の空音に急かされて、内裏に戻るといたしましょう」

行成はそう言うと、定子に一礼をして座を立った。清少納言も心得て立ち上がり、行成を案内する。

部屋を出てしばらく行ったあたりで、行成は先を行く清少納言の背中に声をかけた。

「おかげで助かった」

清少納言は立ち止まり、振り返る。「なんのことでしょう」と言いながら、その顔は、言いたいことはわかっているといった表情だ。

「私は、器用ではないのだ」

行成がそう言うと、清少納言は「存じております」と微笑む。

「そなたの機転で、気まずい退出にならずに済んだ」

「それならばよかったです」

清少納言の返事に、行成は肩の力が抜けた。

「なんだか、今日は鳥にまつわることが多いなあ」

「鳥？」

「先ほど、ここにくる時に、内裏と職御曹司との間を天の川に見立てたら、従者に鵲と言われた。簀子縁には雀が戯れていたし、最後は孟嘗君の鶏だ」

「そうでしたか」

そう言うと、清少納言は遠くを見やるような目をして言った。

「私、この職御曹司での出来事や、中宮様とのやり取りを、少しずつ書きためているのです」

「ほう、日記か。私も毎日書いている」

「いえ、日記というほどのものではありません。日々の出来事を欠かさず書いているわけではないので。思いつくまま、気の向くままに、時には言葉を飾り立てて」

「言葉を飾り立てる？」

「多少、事実と異なったとしてもいいのです。美しく、楽しく、明るく、言葉を飾り立てて」

いったい何のために、と思ってしまう。記録として日記を書いている身としては、虚構や空想など書き記す意味が見いだせない。すると、清少納言は微笑んだ。

「実は、中宮様が御髪を断たれた後、しばらく私は里に下がっておりました」

「どうして？」

定子は出家した時にはすでに懐妊していた。身重《みおも》の定子にとって、仕える女房たちの支えは必須だったであろうに。

「女房たちから、私が道長様に通じているのではないか、とあらぬ疑いをかけられていたので。少しばかり拗《す》ねていました。道長様と近しい公卿とお付き合いもございましたので、疑われても仕方がなかったのかもしれませんが」

「それは、辛《つら》かったであろう」

突然の伊周の失脚に、定子懐妊の中での二条北宮の炎上、仕える家が凋落していく中では、さぞかし憶測や疑心が飛び交ったであろう。人は不安な状況に置かれた時、わかりやすい対象を疑ったり責めたりすることで、納得しようとしたり安心を得ようとしたりするものだ。敵と疑われた清少納言に対する、女房たちの態度が目に浮かぶようだった。

心中を慮る行成に、清少納言は静かに頷き返した。

「ですが、中宮様は私に、山吹《やまぶき》の花びらをひとつ〈言はで思ふぞ〉と書き添えて送ってくださった」

「……？」

何を暗示しているのかわからず、清少納言を見た。すると、ふっと笑われた。

「行成様は、漢詩はお詳しいのに、和歌はいけないのですね」

「否定はできぬな」

「中宮様は、古歌《こか》に意味をかけて伝えてくださったのです。あなたのことを疑ってはいないと」

そう言うと清少納言は、一つの和歌を歌った。

――心には　下行く水の　わきかえり　言はで思ふぞ　言ふにまされる――


「何も言わぬあなたは、口に出さないだけで想いはきっと深いはず。この古歌に重ねて、中宮様は、私のことを呼び戻してくださった。それは……傷ついた中宮様が、たった一つ欲した願いが、清少納言を信じたい、ということ」

「たった一つの願い、か」

行成は吐息をついた。

清少納言を疑った女房たちが待ち受ける中へ戻ることに、彼女なりの躊躇いや葛藤があったはずだ。今も、彼女のことを快く思っていない者たちの感情を、日々感じ取っているのだろう。それでも、清少納言は、定子のもとへ戻ろうと決めたのだ。

「だから、私はこの日々を、書き残そうと思ったのです。中宮様と過ごす日々を忘れたくない。だけど、真実をそのまま書き残すには、あまりに苛酷《かこく》すぎる」

「だから、言葉を飾り立てて？」

「いつか中宮様には、そんなこともあったかしら、なんて、ともに笑っていただける日がくれば、私は、それでいいのです」

そうして、ぽつりと言った。

「御髪を断たれた日、私は〈止められるものならば、止めたかった〉と言ったけれど、あの時、お止めしなくてよかったと、今では思います」

「え……？」

「もし、御髪を断たれるのをお止めしていたら、中宮様はその刃《やいば》で命を絶たれていたかもしれません。そのくらい、あの御方は、みずからの影に飲み込まれてしまったのです」

人が変わったのではない。ただ、己の傍らにある影の存在を、定子は初めて直視したのだ。

可憐な高慢さで、目の前の物事を撥ね返せたのは、関白道隆の娘として、帝の寵愛を一身に受ける后として、誰もがその眩さに目を細めるような陽光の中にいたからだ。

舞う花びらを見上げていた少女は、足元にある影など、見やることもなかった。

家柄、容姿、立場、自尊心、すべてに恵まれた定子が、生まれて初めて知った絶望は、あまりに苛酷だった。

影は必ずついて回る。その逃れようのない事実に気づいた瞬間、定子は影に飲み込まれてしまったのだ。

清少納言は歩み寄り、真剣なまなざしで行成を見た。

「あなた様が橋を架ける鵲ならば、私は夜明けを告げる鶏でありたい」

「……？」

「どうか、鵲のごとく主上と中宮様を繋ぎ続けてください。行成様がお二人を繋ぎ続けてくださる限り、私は、夜明けは必ずくると信じる、鶏でいます」

「鵲と鶏、か」

行成は思った。初めて帝に解文を奏上した日のことを。冷えきった殿上間から陽光に満ちた清涼殿へ足を踏み入れた時の、帝のまなざし。粥杖を持って、ありふれた夫婦のように笑い合っていた二人の姿。それらの日々が再びくると信じたいのは、行成も同じだった。

行成が職御曹司を出ようとした時、清少納言が呼び止めた。

「行成様」

振り返ると、清少納言は言った。

「私、今日のことも書きますよ。この職御曹司での日々が、いつの日か、よき思い出に変わってしまうように」

「言葉を飾り立てて、か?」

清少納言は、頷いた。

二

その晩、夜の陪膳も終わり、行成は蔵人所に下がった。

夜の蔵人所は、宿直の蔵人が数名いるだけだ。彼らもまた、日中にやり残した仕事を黙々と片づけていて、部屋は静まり返っている。灯火の火明かりが揺れる中、行成も解文の返抄を確認していく。

一段落して、ふと反故《ほご》となった紙が目に入った。なんだかもったいないような気がして、手に取った。

(日記を邸に置いてきてしまったのだった)

邸に戻れぬことも多いゆえ、内裏に日記を持ち込んでいたのだが、此度は忘れてしまった。とりあえずこの反故紙にでも、出来事を忘れぬうちに書いておこう。

「孟嘗君の函谷関か」

職御曹司を思い出しながら、そう呟いた。

そういえば故事では、鶏の空音で函谷関が開いたが、近江国《おうみのくに》と都の間にある逢坂関《おうさかのせき》は、常に開いている。関所というものは、閉じていないと意味をなさない。しかし、それほど平安京は外敵が襲ってくる心配がないということか。

そんなことを真面目に考えてしまう。こういうところが、女人から面白くないと思われるところなのだろうか。

(それにしても……)

職御曹司を去り際に、清少納言に言われた言葉を思い出す。

〈あなた様が橋を架ける鵲ならば、私は夜明けを告げる鶏でありたい〉

思いがけず、清少納言の心に打たれた。行成が帝を想うのと同じように、清少納言も定子を想っているのだ。

(人は、予期せぬ時にわかり合えるものなのだな)

故事の鶏は、固く閉ざされた函谷関を開かせたが、人の心はもともと開いている逢坂関のようなものなのかもしれぬ。人は、それに気づかぬだけなのかもしれぬ。

そんなことを、反故にした紙の裏に、思いつくままに書き連ねた。どうせ反故紙だ。あとで日記に清書するのだから、と遊び半分に書き散らした。


その翌朝、行成の宿所に一通の文《ふみ》が届いた。

文には和歌が一首、書かれている。

「なんだこれは」

宿直明けで、頭があまり働かない。文を取り次いだ惟弘を手招いた。

「誰からの文だ、これは」

惟弘は、きょとんとしている。

「誰からの、とおっしゃいましても。職御曹司のあの女房に文を送ったのは行成様にございましょう。その返事かと思われますが」

「は?」

眠気が一気に覚めた。清少納言からの返事だというのか。

「どういうことだ。私は文など書いた覚えはないぞ」

惟弘は戸惑いながら言った。

「夜更けに蔵人所から戻られて〈これを届けておいてくれ〉と幾枚かの紙を渡されたではないですか」

「渡した。渡したが、あれは日記の下書きだ。三条の邸に届けておいてくれと」

「なんと。てっきり内容からして、あの女房に宛てたものだと」

「内容？ 読んだのか」

「いえ、読もうと思ったわけではなく、ちらと見えてしまっただけで。〈心にあるものは逢坂関〉といったような言葉が見えたので、これはもう恋文《こいぶみ》だと」

「恋文？」

「逢坂関は、男女の逢《あ》う坂、として恋歌《こいうた》に詠むでしょう」

「恋文なら、あんな反故紙になど書くか！」

「いえ、行成様ならありえるかと」

「な……」

そもそも奏子以外の女人に文など書いたことがあるか、と言おうとしてやめた。言ったところで「それもそうですね」と返されるのも、虚しくなりそうだった。

行成は眉間を押さえて嘆息しながら、改めて、清少納言の文を見た。

――夜をこめて　鳥のそら音は　はかるとも　世に逢坂の　関はゆるさじ――

（夜が明けぬうちに鶏の鳴き真似をしても、私との逢坂の関はそうやすやすとは開きませんよ）

これは、誰が読んでも恋文に対する返歌《へんか》だ。行成でもわかる。

（いや待て、ひょっとしてこれは戯《ざ》れ歌か？）

相手はあの清少納言だ。反故紙に書き散らしたものを、本気の恋文と受け取るとは思えない。それなのに、あえて恋歌を送ってくるあたり、楽しんでいる気がした。そして、その滑稽《こっけい》さで、定子を笑顔にしたいのではないか。

そう思ったら、なんだか笑えてきた。清少納言とは、なんと良き女人だろう。

独りで笑う行成に、惟弘が怪訝な顔をする。

「それならば、返歌をせぬわけにはいかぬな」

行成がそう言うと、惟弘は「えっ」と声を漏らす。行成様が和歌を……とでも言わんばかりの不安そうな顔つきだ。

「和歌の一つくらい、詠もうと思えば詠める」

むっとして言い返し、筆をとった。こうなったら意地だ。こちらとて、とことん戯れに付き合ってやれという気持ちだった。

――逢坂は　人越えやすき　関なれば　鳥鳴かぬにも　あけて待つとか――

（逢坂は誰でも通ることができる関なので、鶏が鳴かなくても、いつも門を開けて待っているとか）

実際の逢坂関の様子を、そのまま詠んだ。工夫もひねりもない歌しか詠めぬのは、いつものことだった。

「これを、職御曹司に届けてくれ」

三

宿直明け、三条の邸に帰ると、ちょうど、奏子が薬助丸を抱き上げようとしていた。

「奏子、何をしているのだ」

行成は駆け寄って、奪うように薬助丸を抱き取った。

「そなたは身重なのだぞ。重たいものを持って、腹の子が流れたらどうする」

薬助丸は、数えでもう四歳だ。小柄な子とはいえ、抱き上げるのは行成でも重たく感じるくらいに成長している。それに奏子は懐妊しているのだ。生まれるのはまだあと半年ほど先だが、妊娠、出産は命懸けということは、行成とて重々承知している。子が流れたり、母親が衰弱したり、あるいは出産に耐えきれず母子ともに命を落としたりする、といった話は、衣食住に恵まれていても、ありふれた話だ。

しかし、奏子は少し拗ねたように言った。

「薬助丸を、重たいものだなんて」

「いや、そういうつもりで言ったのではない」

「薬助丸は、母に甘えたかっただけなのに、ねえ」

奏子は行成に抱き取られた薬助丸の顔を覗き込んで言う。薬助丸は無垢《むく》な顔でにこにこ笑っている。

生まれた時から、乳母には小柄な子だとか、病弱だと言われていたが、このところ、とみにそう思う。数えで四歳にもなれば、走り回って言葉も達者になって、目の離せぬ悪戯ざかりかと思うが、薬助丸はすこぶるおとなしい。いつもにこにこしているが、言葉もあまり発しない。

だが行成は宿直も多く、近頃は邸で過ごす日の方が少ない。そんな父親が、子の成長に関して、その場で見たことだけを気にして口を出すのも、母親の奏子に悪いと思う。

それに奏子自身は、あまり気にしていない様子だ。以前、乳母がそれとなく成長の遅れを指摘すると「大病もせず、笑顔ならばよいのでは」と大らかに返していた。

（それもそうなのだよな）

周りの大人がじたばたしたところで、成長するのは薬助丸自身なのだ。それならば、奏子のように大らかに、ゆっくりであっても少しずつできることが増えていくのを、ともに喜び合えばいいのではないか。

「ちちうえ」

たどたどしい言葉で「父上」と言うと、薬助丸は行成にしがみついた。薬助丸なりに、父親の帰りを嬉しがっているのが伝わってきて、じんわりと嬉しくなる。それと同時に、職御曹司にいる姫宮は、いまだ父親の腕に抱かれたことがないのだと思うと、せつなくなってくる。

（やはり、なんとしてでも内親王宣下をしていただかねば）

内親王となれば、内裏に出入りすることはもちろん、後宮に殿舎を与えられて住まうことさえできる。それに、内親王としての禄ももらえるため、ゆくゆくのことを考えたら、宣下が早いに越したことはなかった。そのためにも、蔵人頭として尽力せねばと、改めて気を引き締めた。

その宵、行成は、薄い狩衣《かりぎぬ》姿ですっかりくつろいだ気持ちになって脇息にもたれた。久方ぶりに、奏子と二人で過ごす夕餉だった。

膳が並べられると、酒を飲みながら、奏子に鶏の空音の話をした。

「それで、惟弘が勘違いをして、反故紙を清少納言のもとに届けたものだから、返歌を詠まねばならぬ目に遭った」

「行成様が歌をお詠みに？」

奏子まで惟弘と同じ反応を示して、行成は苦笑いした。

「どんな歌をお詠みになったのですか？」

行成は「うむ」と応えて、清少納言に詠んだ返歌の手控えを懐から出して見せた。奏子はそれを受け取ると、行成の歌に目を通した。和歌はひらがなで書いてあるので、奏子にもわかる。

やや沈黙があった後、奏子は「まあ」と小さく声を出した。どうだ？　と行成は奏子の顔を窺い見る。すると、奏子は言った。

「その清少納言という女房は、呆《あき》れているでしょうね」

「え？」

「──逢坂は　人越えやすき　関なれば　鳥鳴かぬにも　あけて待つとか──これでは、相手の方を、慎《つつ》しみのない女と言ってしまったようなものですよ」

「どういうことだ？」

逢坂関の景色を、ありのまま詠んだつもりだった。この歌に、他にどんな意味があるというのか。

「よいですか、逢坂関は男女の仲を意味する歌枕の地なのですから、関が越えやすい、ということはつまり、あなたは誰とでもすぐに男女の仲になるのでしょう、と言っているのと同じですよ」

「なんと、そんな深読みがあったのか」

「深読みせずとも、女人がこの歌を受け取ったらそう思います」

まずい、それはまずいぞ。飲んでいた酒が苦くなる。行成は脇息にうなだれた。

「だから歌は苦手なのだ……。明日にでも詫《わ》びの文を書くか」

「でも、お話を伺う限り、こんなことで腹を立てたりするような女房とは思えませんよ。きっと呆れ返った後、行成様のことが、ますます好きになったのではないかしら」

行成は「そうか」と応えかけて「え？」と訊き返した。今、清少納言が行成のことを好きだと、言っていなかったか。

「なぜそのような」

「なぜと言われましても。お話をなさる行成様が、楽しそうだからかしら。己のことを好いてくれる人の話をするのは、楽しいものでしょう」

「そんなことを言われてしまったら、職御曹司に行きにくくなってしまうではないか」

戯れもほどほどにしてくれ、と行成は軽く受け流した。

奏子は、先ほどの返歌を改めて見やると、呟くように言った。

「行成様の字は、美しいこと」

その言葉に、行成はふと思い出した。以前、日記を書いている時にも、奏子は同じことを言っていた。日記を読めず「私も、漢字が読めたらよかった」とぽつりと言っていた。

行成の字を見つめるその横顔が、ほんの少し寂しそうに見えたのは、灯火の影のせいなのだろうか。

「奏子」

行成が名を呼ぶと、奏子はこちらを見やる。行成は盃《さかずき》を置いて、奏子に向き直ると真剣に言った。

「蔵人頭になって、本当に苦労ばかりだが、それでもなんとかここまでやってこられたのは、この三条の邸で奏子が待ってくれているからなのだよ」

そう言うと、行成は奏子の肩を抱き寄せた。

「だから、無事に赤子を産んでくれ。お願いだから、命を落とすことだけはしないでくれ」

奏子のいない三条の邸に帰ることなど、想像もしたくなかった。その想いに、奏子は「はい」と頷くと、行成の胸に頬を寄せて目を閉じた。

第四章

病悩

一

長徳四年の三月三日、行成は牛車の中で小さくため息をついていた。

丑《うし》の刻、深夜の都路《みやこじ》に人影はない。風もない空には薄雲がかかって、春の朧月《おぼろづき》が頼りなかった。

牛車の車輪と、随身の騎馬の蹄《ひづめ》の音だけが響く。周りが寝静まっているだけに、音が妙に反響して、背筋がうすら寒くなる。

(あやかしでも出そうだな、いや、夜盗《やとう》よりはましか)

闇夜の平安京を闊歩《かっぽ》するのは、魑魅魍魎《ちみもうりょう》か夜盗くらいだろう。恋人のもとを渡り歩く公達ならば「あの橋のたもとに鬼が出る」「五条《ごじょう》の角で追剝《おいはぎ》に襲われた」などと大路小路の闇を知り尽くしているが、奏子の他に訪ねる妻も恋人もいない行成には無縁の話である。

ところが、こうして深夜に牛車に揺られているのはわけがあった。道長の土御門邸に向かっているのである。

（ようやく内親王宣下が成ったと思ったら、今度は左大臣の病悩か）

一難去ってまた一難。腹が痛くなる。

姫宮は、昨年末、長徳三年の十二月に無事、内親王宣下を受け、脩子《ながこ》と名付けられた。これで内親王として清涼殿にも上がることが可能となり、帝は誰憚ることなく、脩子を職御曹司から呼び寄せては可愛がっていた。

ところが、年が明けた長徳四年に入って、左大臣道長は、あからさまな態度に出た。

帝が「脩子の目は、定子に似ている」と言おうものならにわかに咳《せ》き込み、「今宵は、脩子を職御曹司には帰したくない」と言えば宿直を欠勤する。「脩子が母を恋しがっている」と言って、定子を内親王の母として清涼殿に召したい意向を示そうものなら、昼の参内すら欠勤してしまった。理由は、腰を痛めた、らしい。

諸臣の頂に立つ左大臣が欠けると、政はむろんのこと、宮中諸事が滞る。道長の腰痛は、帝への当てつけの仮病に違いなかった。

そうして、三月三日の今宵、事態は急転した。道長が左大臣を辞めると言い出したのだ。

事の始まりは、少し時を遡る。

＊

行成が宿所で休んでいると、慌ただしい足音がした。何事かと窺うと、蔵人が息を切らして報告した。

「先ほど、土御門邸より急ぎの使者が参りました。左大臣道長様が、官職を辞し、ご出家なさるとのことにございます！」

「出家？　どういうことだ」

「悶絶《もんぜつ》するほどの腰痛が襲いかかり、この邪気を払うにはもはや出家しかあるまいと思いつめたご様子」

「邪気？」

「陰陽師《おんようじ》を呼んだところ、腰痛の原因は強い邪気だと。いくら祈禱や邪気払いをしても離れないとのこと」

仮病の腰痛だと疑っていたが、どうやら、本当に苦しんでいたらしい。そうでなければ、こんな夜更けに急ぎの使者を内裏に寄越《よこ》すことなどしないだろう。

「いったい、何の邪気なのか。使者は申していたか」

「邪気の怨念が強すぎるあまり、その正体が摑めぬそうでございます」

「そうか」

少しまずいな、と思った。左遷された伊周の恨みなどと疑いをかけ、また伊周が呪詛を行ったという騒ぎになりかねない。そうなれば、中宮定子の還俗と内裏還御はますます遠のくばかりだ。

「もう、剃髪なさったのか」

「いいえ。まずは、主上のお許しを得たいと、蔵人頭に急ぎの取次ぎを願い出ておいでです」

「わかった。清涼殿に参る」

行成はすぐに束帯を整えると、清涼殿へ向かった。

行成が清涼殿に着くと、帝はすでに夜御殿《よるのおとど》に入って就寝していた。夜御殿の前には、近侍《きんじ》の女官、典侍《ないしのすけ》が控えている。

「急ぎの奏上をしたい」

行成が典侍に告げると、やや難色を示された。

「しかし、ようやくお眠りになられたところで……」

「明日の朝までは待てぬ」

道長はこうしている今も、悶絶しているやもしれぬ。

「急ぎとは、いったいどういった奏上なのですか」

「それは、ここでは口にできぬ」

左大臣の進退に関わる内容だ。軽々しく取次ぎの女官には言えなかった。

行成の厳しい態度に、しぶしぶ典侍は夜御殿の中へ入っていく。屏風の内側で、小さな声で何かを言いかわす。ややあって典侍は行成のもとに戻って言った。

「勅によって、蔵人頭を御帳《みちょう》の前へお召しにございます」

行成を見やる典侍の視線が、少し変わったような気がした。帝が深夜の奏上を許したのが意外だったのかもしれない。それも御簾越しではなく、御帳台の前に、対面で召したのだ。

帝が御帳台に置かれた椅子に腰かけると、行成はその御前まで進み出た。典侍は、灯台の火を灯すと、御簾の外へ出た。

行成は低頭して奏上した。

「左大臣道長殿が、強い邪気に襲われ、官職を辞して出家の意向とのこと。まずは主上のお許しを得たいと、急ぎの奏上を希望されました」

「まことの病悩であったのだな」

どうやら帝も、仮病ではないか、と疑っていたらしい。行成は、己も同じ疑念を抱いていたことを目で伝えた。

帝は、やや思案の沈黙をしてから言った。

「今ここで、出家を許すことはできぬ」

帝も今や十九歳。その考えには、帝なりの根拠があることは確かだった。それを慮るように行成は問い返した。

「道長殿が出家をしては、政に支障が出るから、にございますか」

「むろんそれもある。だが、そう言って朕が出家を阻止しては、それこそ道長の思うままになってしまうであろう」

「思うまま、とは」

すると、帝は御簾の外に控える典侍を見やった。下がれ、という人払いの意を察した行成は、

「お人払いである」と声をかけた。典侍は、黙って一礼すると退出していった。

人気《ひとけ》がなくなった後も、帝は慎重を期して、目の前の行成だけに聞こえるように囁《ささや》いた。

「道長は、朕を試しているのではないだろうか」

試す？　行成は目で問い返す。帝は頷く。

「朕が関白不要の意を示している以上、左大臣の道長が政の場においては最高位。公卿たちは皆、道長の顔色を窺ってばかりだ」

「ご明察の通りかと存じます」

日頃、櫛形窓から殿上間を見ている帝には、殿上人たちの意向がよくわかるのだろう。道長の意に反することを言わぬよう、皆、当たり障りのないことしか言わなかった。

「だが、それは悪いことばかりではない。道長が重石《おもし》となっているおかげで公卿たちは諍うこともなく、政がまとまっているともいえよう」

「確かに……」

伊周が現役でいた頃の、あの殺伐とした雰囲気はもうない。各人の間を取り持たねばならぬ蔵人頭としては、道長が左大臣となってからは、余計な気を遣うことは減った。

「ゆえに、道長の出家願望は、朕を試しているのではないかと思うのだ。ここで、出家を止めさせることによって、道長なくしては政を回せない、と朕に自覚させるつもりなのだろう。ゆえに、止めるには止めるが、止める理由をしっかり述べねばなるまい」

「止める理由、にございますか」

「出家の願望は、邪気が言わせているのかもしれぬ。ゆえに、出家を許すことはできない。という理由にする」

確かに、その理由で阻止すれば、政とは無縁の理由である。帝は毅然と言いきった。

「深い信心があって出家を遂げたいと思うのならば、病悩が治癒してから、心静かな状態で思いを遂げよ。まずはそのように、道長に伝えるのだ」

*

そういう経緯で、この丑の刻に、行成は都路を牛車に揺られているのである。

車輪がきしむ音が止まる。どうやら無事に土御門邸に辿り着いたようだ。

深夜にもかかわらず邸には煌々《こうこう》と明かりが灯され、邪気払いのために呼ばれた僧侶や陰陽師、その付き人などが慌ただしく出入りしていた。邸の奥からは、祈禱や読経の声、邪気を払おうとする護摩《ごま》焚《た》きの匂いが漂っている。

その中を、行成は家人に案内され、道長の寝所に通された。部屋には、陰陽師が控えていたが、行成の登場に、家人が目配せをして退出させた。

行成は御簾を隔てて、道長に向かって一礼した。

「左大臣道長殿のご病悩につきまして、主上よりお言葉を賜《たまわ》ってまいりました」

「その声は……蔵人頭の行成殿か」

御簾の向こうから、道長の弱々しい声がした。傍らに控えている道長の家人が言う。

「少しでもお体を動かすだけで卒倒されるため、どうか横になったままのご対面をご容赦くださいませ」

内々の使者とはいえ、行成は帝の意向を伝えにきた勅使だ。本来なら、行成が上座につくべきなのだが、起き上がることも難しいのだろう。

痛みをこらえるように、道長が途切れつつ言う。

「どうか、ご無礼お許しいただきたい。この見苦しい姿を、晒すのも憚られるが、どうか、近くに寄ってくださらぬか」

道長の声に招かれ、行成は一礼して御簾の内側に入った。

目の前の道長の姿に、言葉を失う。頰はこけ、その額には冷や汗が浮かび、苦悶するように唇を歪ませている。今まで、心のどこかで仮病ではないかと疑っていた己を恥じる思いがした。

「さぞ、お苦しいことでしょう」

「主上は……」

「道長殿を深く案じておられます」

「出家のお許しは」

「まずは、お体をしっかり養生なさってくださいませ。主上も一日も早い参内をお望みにございます」

途端、がばと行成の袖を摑んだ。

「出家のお許しは」

鬼気迫る口調に、行成は気圧された。試している、という帝の考えは、思い過ごしなのではないか、道長は、切に出家を希望しているのではないか、と思ってしまう。

道長は、出家せねばこの邪気は払えぬと陰陽師から言われているのだ。だとしたら「お許しにはならなかった」と言ってしまうことは、この苦しみに耐えよ、と突き放すのと同じだ。だが、己の憐憫《れんびん》で、帝の意思とは違うことを伝えるわけにはいかない。

「主上は、お許しにはなりませんでした」

「な、なんと……」

道長の目が見開かれる。

「道長殿の病悩は邪気によるもの。出家の願望は邪気が言わせているのかもしれぬ。深い信心があって出家を遂げたいと思うのならば、病悩が治癒してから、心静かな状態で思いを遂げよ、と主上は仰せにございます」

行成の袖から、道長の手が、がくりと落ちた。

「道長殿！　お気を確かに」

行成は慌ててその手を取った。すると、道長はぐっと握り返すと、強い力で行成を引き寄せた。思いがけない行動に、行成は体ごと持っていかれた。

「み、道長殿？」

まさか、邪気が正気を奪ったのか？　ひやりとして道長を見やる。道長は、行成を離すまいと腕の力を込めたまま、耳元で囁いた。

「やはり、思った通りだった」

「……？」

道長の本心から発せられているのか、邪気が発しているのかわからなかった。

すると、道長はおもむろに身を起こした。先ほどまでの苦悶が嘘《うそ》のような軽やかな身のこなしで座位になる。唖然とする行成と向き合うと、道長は言った。

「出家とは、官職を辞した者が行うべきもの。ゆえに、私は、出家の意向とともに左大臣の職を辞したいと申し出た」

「道長殿？」

「しかし、中宮はどうだ。中宮のまま出家をし、さらには、出家後も中宮の座に居座り続けている。深い信心があって出家を遂げたいと思うのならば、心静かな状態で思いを遂げよ？　はっ、そのまま中宮に言ってやればよいものを」

道長は笑った。

「道長殿、腰の痛みはいかがなされ……」

「廃后《はいこう》、するしかあるまい」

「な、何をおっしゃっているのですか」

「出家の中宮には、后の座を降りていただかねばならぬ」

道長の目は、とても邪気にやられているとは思えない。行成は、もう一度、問い直した。

「腰の痛みはいかがなされたのですか」

「治った」

さらりといわれたことに、驚かなかった。胸の奥に、憤りさえ込み上げてくる。

「主上を、試されたのですか」

「試すことは試した。だが、試したのは主上ではない。蔵人頭、行成殿を試したのだ」

「どういうことですか」

「今年の正月、主上は行成殿の官位を一階上げて従四位上《じゅしいのじょう》に叙したであろう」

確かに、帝は、この正月、行成の官位を上げてくれた。蔵人頭となって四年目、これまでの功労を評した臨時の叙位だった。

「臨時の叙位は、主上が行成殿に並々ならぬご信頼を寄せているという証。その頃から、私は感じ取っていたのだ。蔵人頭、藤原行成は、使えると」

「……………」

「主上は、ご就寝あそばした後であっても、蔵人頭行成の奏上であれば、御帳台の前まで伺候《しこう》させて話を聞き、考えを隠すことなく述べる。そして、蔵人頭は、一時の情に流されることなく、主上の命《めい》を確実に遂行する。たとえ、目の前で、苦しみ悶《もだ》えている者に対しても」

そのまま、道長は悠然と言った。

「内裏で親しくしている女は、多いに越したことはないぞ」

夜御殿の前で渋い顔をしていた典侍を思い出す。

(あの典侍が、道長殿に通じていた？)

いや、あの女官に限ったことではあるまい。内裏のいたるところに、道長に通じる女官や蔵人がいるのだろう。

帝が行成に感情を吐露する姿を、どこかで誰かが見ているのだ。

(清涼殿は、なんと狭いのか)

「廃后」

道長は、先ほどの言葉を、はっきりと繰り返す。

「定子様を中宮の座から降ろし、娘の彰子を新しい中宮とする。この願いを叶えるには、蔵人頭、行成殿が必要だ。今宵の試みで、確信した」

「……どうして、そこまでして定子様を」

そう問いかけずにはいられなかった。

娘を入内させ、その娘が産んだ子を帝にする。そうすることで帝の外祖父となり権力を持つ。行成とて、そのくらいのことはわかっている。だが、それだけならば、わざわざ定子を廃后にせずともよいのだ。中宮定子の座はそのままに、女御の一人として彰子を入内させ、やがて彰子が男子を産めば、願いは叶う。

執拗《しつよう》に、定子を没落させようとする意図はなんなのか。

「あの女子は、桜よ」

その言葉に、行成はどきりとした。

遠い日、舞い散る花びらの下、薄紅色の袖を広げていた少女が浮かんだ。

むろん、道長があの出会いを知っているはずがない。それでも、心の奥に秘めていたものを、思いがけないところで引きずり出されたような気色の悪さを覚えた。

道長は淡々と言った。

「桜花《おうか》のごとく、天性の美しさで誰をも魅了する。だが、私は、恵まれた陽射しのもとで咲く花は、嫌いなのだよ。この感情は、きっと行成殿にもわかるはず」

そう言って、道長は行成を見据えた。その目に搦《から》め捕られたように、行成は視線を外せなかった。

道長は、定子の父、関白道隆の弟だ。しかし、道隆は、関白一族の栄華を弟には分け与えず、すべてを、我が子の伊周と定子に注ぎきった。

陽光の影から、道長は、美しい桜を仰ぎ見るしかなかったのだ。

「もし、兄の道隆が病死していなければ、私は今頃、藤原の傍流の一つとなっていたことだろう。そう、行成殿のように」

「………」

「そして、定子様が中宮として男子を産めば、やがて伊周は復権し、再び私は傍流に落ちていくであろう」

「傍流も、悪くはないのでは」

傍流で生きてきた身として、かろうじて言い返すと、道長は「ほう?」と唇の端を上げた。行成は、言葉を選ぶように、一言ずつ、慎重に言った。

「大河の主流を、楫《かじ》を取っていき続けるのは、大変ですから」

負け惜しみなどでは、けっしてなかった。だが、次に続いた道長の言葉が、胸に深く刺さった。

「大河で楫を失った者に、差し伸べる楫など、この世にはないからな」

己の発した言葉が、刃となって投げ返されたようなものだった。

一度、梢を失えば、もう傍流に押し出されるしかない。父が生きてさえいれば、きっと行成は今頃、公卿となっていただろう。それなのに、父が生きていなかったがゆえに、帝の温情でようやく蔵人頭となり、従四位上を与えられた。それでもまだ、道長の官位に追いつくまでは、階をあと何段も昇らねばならない。

押し黙った行成に、道長は言った。

「行成殿はきっと、私と同じ感情を抱いたことがあるはずだ」

「同じ、感情？」

「与えられるがまま、二物も三物も得ている存在は、何かの拍子に、その二物も三物も失ってしまえばいい」

傍流で生きてきた者として、その気持ちを抱いたことなど一度もないと言えば、嘘になる。

定子を初めて見た時の感情が、まざまざとよみがえる思いがした。

手の届かぬ美しさを覚えたのは、己の場所からは遥《はる》かな高みに彼女が立っていたからなのだ。

桜が蕾《つぼみ》の時から美しい花を咲かせる定めを持っているのと同じように、彼女もまた、生まれながらにして、恵まれた家と美しさを与えられ、后となる定めを持っていた。

(定められた子、か)

そして、花が散る定めを知っているかのように、定子は、瞬《また》く間にすべてを失った。いや、みずから捨てたのだ。中宮としての正統な立場も、輝かしかった過去も、黒髪を断つと同時に、その美しい見目を彩る笑顔さえも捨ててしまった。

その凋落に、胸のすく思いをしたのは道長に限ったことではあるまい。花の梢を仰ぎ見ていた者は、皆、散り敷かれた花びらを踏みにじって歩いていくものなのだから。

行成は、一つ息をついて言った。

「私は、道長殿が定子様を中宮の座から降ろしたいと言うのは、皇太后詮子様の願いかと思っていましたが」

「それはその通りだ。だが、あれは母親として、女として、嫉妬しているにすぎぬ」

皇太后であり、姉でもある人のことを「あれ」と言ってのけた道長に、行成は圧倒される。

「私はその嫉妬を、己が昇るための階として使っているまで。その階を、これからはともに昇っていかぬか、行成殿」

即答はできなかった。答えに詰まる行成に、道長はさらに誘うように言った。

「主上はいずれ退位なさる。それはわかっておろう?」

帝に忠実な蔵人頭であり続けたところで、退位とともにその任は解かれる。それならば、左大臣道長に従って、生き残っていく方がいい。そう、道長は言いたいのだ。

ここで頷き返したら、蔵人頭から昇進して参議に任官される日は、そう遠からず訪れるだろう。参議という官職は、中納言、大納言、大臣へと昇進できる重職であり、公卿の仲間入りをするということでもある。二十七歳の行成にとって、三十歳までに参議に昇進できることは誉《ほま》れなことだった。

己の栄誉はむろんのこと、行成の官位が上がれば上がるほど、蔭位《おんい》の制によって子の薬助丸や孫の代まで官職の待遇は良くなる。父親を失ったがゆえに味わった不遇を、我が子は被《こうむ》ることなく生きていける。

蔵人頭に昇進した日の、奏子の笑顔が浮かぶ。宿直から帰った行成に「ちちうえ」としがみつく薬助丸の姿がよぎる。

「私は……」

行成は口を開きかけた。

揺らぎそうになる心に、あの日の声が響いた。

〈定子を失いたくない〉

行成の膝に、震える指先を置いていた、帝の声。

〈こんな世を、私は捨ててしまいたかった〉

尼姿で、愛らしい姫宮を抱き上げていた定子の姿が、それに重なる。

〈あなた様が橋を架ける鵲ならば、私は夜明けを告げる鶏でありたい〉

そう、清少納言は、行成を真っ直ぐ見つめて言っていた。

今、道長の言葉に頷き返せば、この先の官位栄達は確実だ。

だが、蔵人頭として、行成がここまでやってきたのは、それが理由ではない。

「私は……主上に選んでいただいた蔵人頭です」

二物も三物も、与えられるのは、己には似合わない。

「主上の想いを知り、その答えをともに探すことが、蔵人頭としてのつとめだと思っています。そのつとめを果たした功によって昇進していくのでなければ、栄達は虚栄に過ぎぬと思います」

「優しいな」

小ばかにされたような口調に、行成は睨み返してしまった。道長は気にすることもない。

「優しいだけではどうにもならぬ、ままならぬことばかり。それがこの世というものぞ」

そう言うと、道長はおかしそうに笑った。

二

早朝、懐仁は清涼殿の簀子縁まで出た。

淡い光の中、前庭の竹には朝露《あさつゆ》が輝いている。

（こんな時ぐらいだ。朕が庭を愛でられるのは）

こうして誰もいない時くらいしか、外の光を浴びることもできぬ。いつも、御簾の奥に座り、諸臣からの奏上に耳を傾ける。それに対して、否《いな》ということはほとんどない。帝の言動一つで、その奏上をした者を窮地に陥れてしまうことすらあるのだ。軽々しく、否定はできない。

あたりは静まり返っている。

七月に入った夏の盛りではあるが、風が露に濡れた竹の葉を爽《さわ》やかに揺らしていた。

三月にあった道長の出家騒ぎから、四か月が経とうとしている。

道長は平癒したと言って、参内に復帰していた。ところが、左大臣の復帰で再び政が回り始めたと思った矢先、今度は、都に疫病が蔓延し始めた。

(都に平穏はないのだろうか)

いや、都にというより、この世に平穏などないのかもしれぬ。

夏に入ってから流行《はや》り始めた疫病は、瞬く間に都中に広がった。

最初は、庶人や下級官人たちの間で、高熱や体に発疹が出る病が広がっている、という話であったが、今では、殿上人、公卿たちの間にも同様の症状で病悩する者が増えてきていた。

この疫禍は、帝が出家した中宮を廃后せぬがゆえの災厄。そう、人々の間で囁かれていることも、懐仁なりに察している。

懐仁の定子への想いは、この世のすべての者に厭《いと》われ、疫神《えきじん》にすら嗤われているのか。

(それでも、朕は、廃后はできぬ)

それは、帝である懐仁が、永遠に、定子と会えなくなるということだから。

職御曹司に出入りする行成から聞くと、定子は笑顔を見せぬという。髪を断つのを止めていたら、命を絶っていたやもしれぬ。そう、清少納言は言っていたという。

(定子の心を壊したのは、朕だ)

伊周を裁くとした懐仁の決断が、定子を追い詰めた。このまま、一度も会うことなく、永遠に生き別れることなど、絶対にできない。

「蔵人頭、藤原行成が参りました」

女官の声に振り返ると、行成が簀子縁で低頭していた。懐仁は女官に目配せをして下がるように言う。女官が退出するのを見届けて、懐仁は口を開いた。

「面を上げよ」

行成が顔を上げると、懐仁は自嘲《じちょう》気味に言った。

「見よ、この閑散とした清涼殿を」

静まり返っているのは、早朝だからという理由だけではない。疫病で参内できぬ者が多いのだ。

行成も深刻な表情で頷き返した。

「蔵人所の者たちも、多くが参内できておりません」

「やはりそうか」

日に日に、蔵人の数も減っていると思っていた。

「女官も侍臣も、皆、病悩と申しており、このままでは内裏に伺候できる者がいなくなります。取り急ぎ、疫病に罹《かか》っていない者、あるいは、病が平癒した者で、しかるべき官位の者に昇殿を許すべきかと存じます」

「その旨、左大臣道長に伝え、昇殿させる者を選び、取り決めよ」

「かしこまりました」

行成は一礼して宜《うべな》う。蔵人たちまでもが罹患《りかん》している。それは、疫病が内裏の奥にまで侵入しているということだ。

「凄まじい勢いで、広がっておるのだな」

「人々は、赤斑瘡《あかもがさ》、と呼んでおります。その名の通り体中に赤い斑点《はんてん》が出るというのです。最初は微熱だけで、風邪のようなのですが、その後、高熱となり、赤い斑点が出始めるとか」

「あの時と、似ているな」

懐仁の脳裏に、四年ほど前、関白道隆が死んだ年に猛威を振るった疫病がよみがえる。主要な官職にある公卿たちが続々と病死した時と、よく似た症状だった。行成も同じことを考えているであろうことは、その深刻な表情からも伝わってくる。

「最初の軽い症状だけで済む者はほとんどおらず、赤い斑点を伴った高熱が十日ほど続き、幼き者は容易に命を奪われると噂されております」

幼き者は容易に命を奪われる、という言葉に、懐仁はすぐさま脩子のことを思った。

「職御曹司の者に、患《わずら》った者は出ておらぬか」

「今のところはまだ」

行成の返答に、ひとまず安堵する。しかし、殿上人ですら次々と罹患しているのだ。定子と脩子の身も、いつ疫病に襲われるかわからなかった。

「諸国に命じ、疫神を祭るように。また、諸寺においては仁王経《にんのうぎょう》を転読《てんどく》させよ」

疫病退散の勅命に、行成は低頭した。

三

懐仁が疫病退散のための勅命を下す中でも、流行はおさまることはなかった。

皇太后詮子までもが罹患したとの知らせが届いてから幾日も経たぬうちに、中宮定子の罹患も発覚した。

「脩子は大事ないだろうか」

清涼殿昼御座で、懐仁は身を乗り出すようにして、行成に問い返した。御簾の前に伺候する行成は低頭したまま「はい」と応える。

「脩子内親王様は、お変わりなくお過ごしのご様子とのこと。しかしながら、職御曹司に仕える者たちも病悩し、中宮様と内親王様のお世話が滞っているご様子」

「ただちに見舞いの使者を遣わす」

「しかしながら」

行成がやや前のめりに言った。

「罹患していない殿上人も、病を恐れ、参内を拒んでおります。内裏にはただいま、私と数名の蔵人の他、伺候できる者がおりません。中宮様のもとへ参る余裕がありませぬ。……畏れ多いことながら、本日の主上の陪膳すら、滞りかねない事態にございます」

「なんと……」

「左大臣道長殿も、ご病悩とのこと」

「まことか」

以前のような邪気による腰痛のようなことはないのか、あるいは、道長とて罹患を恐れて病悩を称しているだけでは、とやや疑ったが、行成は「まことにございます」と即答した。

「過日、主上の命により、取り急ぎ昇殿を許す者についてご相談した際、すでに熱を出されているご様子でした」

「そうなのか……」

「取り急ぎ昇殿を許す者について、左大臣のお考えは……皇后宮亮《こうごうぐうのすけ》源《みなもとの》教忠《のりただ》朝臣《あそん》は、主上が御即位なさる前にお仕えしていた者。この疫病にすでに罹り治癒したと。……この者に昇殿を許し、主上のお側仕えをさせるのが最も便宜がよいと……」

「行成」

懐仁は行成の声が途切れがちなことに気づいた。先ほど、前のめりになったのは、体がふらついたのではないか。だが、行成は名を呼ばれたことにも気づかぬ様子で続けた。

「それから、殿上人に、すでに平癒している者が、幾人かおりまして……、橘《たちばなの》為義《ためよし》と、藤原輔《すけ》公《きみ》と……」

「行成、そなた、もしや具合が悪いのでは」

「いえ、そのようなことは」

「いいや」

懐仁は、御簾をめくった。行成は慌てた様子で平伏した。そのうなじに、玉のような汗をかいている。

「熱があるのであろう」

行成は体を触れさせまいと、膝行して下がろうとする。それすら、ふらついた。

「行成！」

懐仁は構わず、行成の体を支える。触れた体は熱く、頬は紅《あか》く火照《ほて》っている。帝と臣下という立場も、疫病に罹るやもしれぬという恐れも、その瞬間に忘れていた。

行成は「畏れ多いことにございます」と恐懼するが、その声すら途切れ、懐仁が肩を支えていなければその場に崩れそうなくらい力が抜けていく。

「誰か、誰かあるか！」

いつもなら、呼べばすぐに女官か蔵人が馳《は》せ参じる。それなのに、どんなに大きな声を出そうとも、人のくる気配もない。

（本当に、伺候する者が誰もおらぬのか……）

そのことに、懐仁は愕然《がくぜん》とした。と同時に、今までに味わったことのないくらいの無力さに苛《さいな》まれた。

（帝など、これほどの者なのか）

崇《あが》められ、傅《かしず》かれ、多くの者が侍《はべ》っている。だが、その者たちが誰もいなくなれば、何ができるのだろう。己一人では、妻子を見舞うこともできぬ。目の前で、臣下が倒れようと、救うこともできぬ。助けを呼びに駆けていくこともできぬ。この清涼殿という名の籠の中で、最も無力なのは、己ではないか。

行成は、途切れ途切れに言う。

「蔵人所に……這ってでも蔵人所に戻りますから……主上はどうか、御簾の内へ……」

とても一人で蔵人所まで戻れるとは思えない。懐仁は行成の肩を支えたまま、首を横に大きく振った。

「こんなそなたを放って、御簾の内で座っていられるか」

「主上……」

「誰もおらぬのか！」

懐仁は声の限り叫んだ。

ようやっと、先ほど、行成を取り次いだ女官が参じた。女官は、懐仁が行成を支えていることに驚いて駆け寄った。

「今すぐ、蔵人所へ行け！　誰でもよいから人を呼んでまいれ！」

「は、はい！」

女官が足早に清涼殿を出ていくと、懐仁は腕の中の行成に向かって、祈るように言った。

「死ぬな……朕を、独りにしないでくれ」

四

行成は、惟弘の膝を枕にして横になっていた。

（なぜ、惟弘の膝なのだろう）

ぼんやりとそんなことを思う。どうせなら、奏子の膝がよかった。

周りは真っ暗で、足元にも暗闇が広がっている。惟弘と行成だけが闇の中にぽつんと浮かんでいるようだった。だが、不思議と恐ろしさは感じなかった。ふわりふわりとした感覚が、どこか心地よくさえあった。

いつの間にか束帯を解いて、単衣《ひとえ》だけになっている。目を閉じて記憶を辿る。確か、清涼殿に伺候していたのではなかったか。何を奏上していたのかは、靄《もや》がかかったように思い出せない。

(まあいいか)

この浮遊する感覚に身をまかせると、何もかもが、どうでもよくなってくる。ますます、この膝が奏子の膝だったらよかったのにと思う。

ふと、臍《へそ》のあたりに違和感を覚えた。こそばゆいような、何かが這うような……と臍に視線をやって、行成は息をのんだ。

(腸が!)

相撲人《すまいびと》のような強力《ごうりき》の者が、行成の臍の下から腸を引きずり出していた。まるで紐《ひも》でも引っ張り出すように、するすると腸が出ていく。

(やめてくれ!)

叫ぼうにも喉が潰れたように声が出ない。強力の者を追い払おうにも手が硬直して動かない。

(ああああ、腸が全部出されてしまう)

腸が出されたら死んでしまう。ますます惟弘の膝ではなく、奏子の膝がよかったと思う。どうせ息絶えるなら、奏子の膝の上で死にたい。惟弘はただ遠くを見て座っている。主人の危機にまったく気づいていない。

なぜか、腹の中に残った腸が残り二寸《にすん》であるという感覚があった。あと二寸しかない、そう自覚した瞬間、腸に「不動尊《ふどうそん》」の三文字が書かれていることに気づいた。「不動尊」の文字は、音を奏でるように次第に大きくなり、腹の中に字が満ちていく。

（ああ、不動尊よ！　どうかお助けください！）

すると、外に引きずり出されていた腸が、腹の中へ戻っていく。気づけば、強力の者はどこにもいない。

「助かった！」

そう叫んだ途端、はっと目が覚めた。

目の前に、惟弘の泣きそうな顔がある。

「惟弘？」

行成が掠れた声で言うと、惟弘は「お目覚めになられましたか！」と言った。

「今、腸が」

「はらわた？　何のことにございますか」

惟弘は怪訝な顔をする。行成は「夢、か」と呟いた。

改めて状況を確認する。頭は惟弘の膝に乗っている。どうやら、惟弘の膝枕であることまでは夢ではなかったらしい。そこは三条の邸、行成の寝所だった。

「行成様がお目覚めだ！　北の方様をここへ！」

惟弘が御簾の向こうに控える女房に向かって声を張り上げている。行成はまだぼんやりとした心地で言った。

「私は、内裏にいたと思うのだが」

「ええ、さようにございます。内裏でお倒れになったのでございます」

「そう、なのか」

「牛車に担ぎ乗せて三条のお邸まで戻りましたら、うわごとを言いながら辞意を上表《じょうひょう》され、その後はもう、高い熱に浮かされて、幾日も昏睡《こんすい》なさってしまいました」

「そうか。……じ、辞意と申したか？」

「死をご覚悟されて蔵人頭を辞されるのだと、私も北の方様も、涙を流しましたぞ」

まったく記憶になかった。だが、辞意を示す奏書《そうしょ》を出したと言われて、どこかほっとしている己もいた。重い荷を、思いがけず下ろしたような感覚といえばいいのだろうか。

「そうか……私は、蔵人頭を辞したのか」

「ただ、奏書を主上が受け入れられたかどうかまではわかりませぬが」

その時、廊の方から衣擦れの音が聞こえた。

「行成様！」

御簾を憚ることなくめくり、奏子が駆け入った。

行成の姿を見るなり、その目がみるみる潤んだ。

行成が応えるより早く、奏子が飛び込むように行成に覆いかぶさった。惟弘の膝枕のまま仰向《あおむ》けになっていた行成は、腹で奏子を受け止めるような体勢になってしまった。

「そこは、先ほど、強力の者に腸を引きずり出されたところで……」

と言いかけた行成に構うことなく、奏子は涙声で言う。

「ずっと、不動尊にお祈りしておりました。どうか、行成様をお助けくださいと」

腹の上に覆いかぶさったままの奏子の頭を、行成はそっと撫でた。

「そうか、あの不動尊は、奏子であったか」

「……？」

何のこと？　というように奏子が顔を上げる。

「奏子が助けてくれた、ということだ」

そう言うと行成は、その涙に濡れた頬に手を伸ばし、親指で拭った。そうして、身を起こそうとした。だが、病と闘いつつ幾日も眠っていたからか、体が思うように動かない。

惟弘が背を支えて起こそうとするのを、奏子も行成の手を取って助け起こす。奏子のあたたかくて細い手が、この上なく頼もしく、かけがえのないものに思えた。

行成は座位になると、奏子の手を離さずに言った。

「心配をかけてすまなかった」

奏子は、涙まじりに言い返した。

「行成様は、私には〈無事に赤子を産んでくれ。お願いだから、命を落とすことだけはしないでくれ〉などとおっしゃるのに、ご自身は病を押して参内して、お倒れになってしまって。私に命を落とすなと願うなら、あなた様ももっとご自愛くださいませ」

「そうだな」

すまぬ、と奏子の手を握りしめた。

昨年の十二月に、奏子は行成との約束通り、無事に男子を産んでくれていた。音羽丸《おとわまる》と名付けたその子は、薬助丸の弟になる美しい赤子だった。

するとそこへ、行成が目覚めたことを聞きつけた乳母が、薬助丸と音羽丸を連れてきてくれた。薬助丸は「ちちうえ……」と泣きそうな顔で駆け寄ってきた。数えで五歳になる薬助丸には、父親が死にかけていたことの深刻さがわかるのだろう。かたや、生まれて七か月に過ぎぬ音羽丸の方は、乳母に抱かれたまま無垢な笑顔を見せて、抱っこをせがむように行成に向かって両手を伸ばす。

その愛らしい姿に、病み上がりで起きることもままならなかったことを忘れてしまいそうだ。気を利かせた奏子が、乳母から音羽丸を抱き取って、行成の膝の上に座らせてくれた。

病から生き返り、こうして再び奏子と子供たちと笑顔をかわせる喜びに浸りかけた時、ふと辞意のことがよぎった。

「どうやら、私は辞意を上表したらしいのだが……」

朦朧《もうろう》としながら書いた内容に記憶はない。本当に書いたのだろうか、と疑うように奏子を見やる。すると、奏子は頷き返した。

「ええ、内裏から担がれるようにお戻りになった日に書いておられました」

「やはり、本当に書いたのか」

「辞めるおつもりではなかったのですか?」

「蔵人頭を解かれるのも、それはそれで困ったことになる。諸事が滞る」

正直に答えると、奏子も「それは、そうですね」と頷いて、さてどうしたものかと思案顔になる。

「ですが、まことに解任されたとしても、よろしいのでは?」

思いがけない奏子の言葉に、行成は「え」と声を漏らした。

「また再び、蔵人頭となる前の日々が戻るだけのことにございましょう?」

当たり前のことを言われて、はっとした。また、奏子と子供たちと、この三条の邸で、つつがなく暮らす日々。昼夜を問わず参内し、宿直ばかりで邸になかなか帰れなかった日々から解放されるのだ。

行成は、膝の上の音羽丸に視線を落とした。音羽丸は、きょとんと行成を見上げる。

「だが……」

内裏では帝が待っているはずだ。〈定子を失いたくない〉という願いに、まだ応えることもできていない。職御曹司では、中宮定子と脩子内親王と、そして清少納言が、行成が再び鵲として舞い戻ってくるのを待っているのではないのか。

そう思ったら、目の前で微笑む奏子が、まったく異なる景色を見ているような気がした。今まで、こんなことを感じたことはなかったのに。

黙ってしまった行成を、奏子は案ずるように見やっていた。

五

熱が下がってからも、行成はしばらく三条の邸で療養につとめた。

起き上がるのもやっとであったのが、粥を食べられるようになると、一人で歩けるほどに快復するまでにそう時はかからなかった。

病後、初めて沐浴《もくよく》をした日、汗や垢《あか》が落ちた心地よさもあって、久方ぶりに外の風に当たりたくなった。単衣姿で簀子縁に座して、庭を眺める。夏の夕、庭の木々の深緑《しんりょく》を吹き抜ける風が、汗を流した体に快《こころよ》い。

簀子縁の欄干に、一羽の雀が止まった。その姿に、職御曹司のことを思った。

(中宮様は、ご快復なさっただろうか)

行成が発症するより先に、中宮定子の罹患の知らせがあった。無事に熱が下がり平癒しているとよいのだが。脩子内親王のことも気になる。

物思いにふけっていると、衣擦れの音がしてそちらを見やった。

奏子が碗《わん》に薬湯《やくとう》を入れて持ってきたのだった。

「庭を眺めておられたのですか」

奏子は傍らに座り、行成に薬湯の入った碗を差し出す。行成は頷き返して、薬湯を受け取った。苦い薬を一気に飲み干す。奏子は「ずいぶんお顔色がよくなりました」と穏やかに言って、檜扇を広げると、行成に向けて扇《あお》いだ。優しい風が頬に当たる。

「前はいつだったでしょうか、こうして行成様と庭を眺めたのは」

奏子の言葉に、行成も「そうだな」と頷き返す。

「辞意、主上が受け入れてくださるといいですね」

行成は曖昧に頷いて、再び簀子縁の欄干に視線をやった。もう雀は飛び去っていた。

「何をお考えになられているのですか」

「え、ああ。さっきまで、あそこに雀がいてね」

「雀が？」

「中宮様の御座所の簀子縁に、粟が撒かれていて、雀が遊びにくるのだ。脩子内親王様も雀がくるとお喜びになって、そのお姿がたいそうかわいらしいのだよ」

「そうですか」

「あの清少納言に送った戯れ歌だが、あの後、職御曹司を訪ねたら、字は褒めてくれたぞ」

「………」

「〈行成様は字だけはお綺麗だ〉と。〈だけは〉というところが余計だがな」

そう言って、行成は一人で小さく笑った。奏子は、雀が飛び去った後の欄干を黙って見やっている。

そうしていると、惟弘が来客を告げた。

「内裏より、蔵人がいらっしゃいました」

「内裏から？ どの蔵人が参った」

行成はくつろいでいた体を起こした。部下たる蔵人と顔を合わせると思うと、自邸とはいえ、気が引き締まる。

「永光《ながみつ》殿とおっしゃる蔵人にございます」

「ああ、永光か」

よく気のつく蔵人で、明るい性格が皆から好かれていた。蔵人所を代表して見舞いにきてくれたのだろう。

「主上より、お見舞いのお言葉を賜ってこられたとのことにございます」

主上からの見舞いの言葉と聞いて、行成は驚いた。頭の片隅に、辞意のことがよぎる。見舞いの言葉の他に、返答があるはずだ。とにかく、帝の言葉を単衣姿で聞くわけにはいかない。急ぎ束帯に着替えねば、と奏子の方を見やる。奏子も心得ていて「束帯にございますね」と頷く。その頷き返す表情が心なしかぼんやりとしている気がした。

着付けを奏子に手伝ってもらう間、行成はそっと窺った。

「どうしたのだ。表情が冴《さ》えぬぞ」

「そうでしょうか」

そっけなく返されて、行成はやはりいつもの奏子ではないと思う。具合が悪くなければいいのだが、と言おうとした時、奏子が先に口を開いた。

「きっと、主上は行成様の奏書をお返しになると思います」

「そう思うか」

「嬉しそうですね」

奏子に上目遣いで見られ、そんなに表情がゆるんだだろうか、とつい顎先に手を当ててしまう。

奏子は束帯の裾を整えながら言った。

「私が主上ならば、行成様を離したくはございませんもの」

支度が整うと、蔵人の永光が待つ部屋へ向かった。

永光は行成の無事の姿に、安堵の表情を浮かべた。

「行成様、まことに嬉しゅうございます。お倒れになった時には、もうどうなることかと。蔵人所の皆が案じておりました」

蔵人にとっては、行成は直属の上司。行成の温厚で真面目な人柄もあってか、蔵人たちからは慕《した》われていた。この永光も、帝の言葉を伝えるよりも先に、安堵の言葉が出てしまったようだ。

「心配かけてすまなかったな」

「内裏に辞意の奏書が届いた時は、嘆きましたぞ。行成様より他に、よき蔵人頭がいるだろうかと」

「そう言ってもらえるだけでも、生き返った甲斐《かい》がある」

「主上も、たいそう、行成様のご容態を案じておいででした」

永光はそう言うと、改めて姿勢を正す。この先は帝の言葉を伝える勅使としての対応だという意味を察し、行成も心得て、永光に上座を譲ると低頭した。

「こちらは、先日、蔵人頭より上表された、奏書にございます」

そう言って永光は懐から奏書を出すと、行成の方に差し戻した。

「主上より〈一日も早く参内して蔵人頭のつとめに戻るように〉とのお言葉を賜っております」

行成は、深く一礼すると、返された奏書を受け取った。

帝が行成の帰りを待ってくれていることは、本当に嬉しかった。できるものなら、このまま参内したいくらいだった。

蔵人頭となってこの四年、休むことなく駆け抜けてきたような思いだった。それが、思いがけず病によって急停止した。この三条の邸で過ごす日々が、あまりにも穏やかで、このままずっと浸っていたいと思う気持ちに嘘はない。

それでも、全力で走り続ける日々に戻りたいと思ってしまう己がいた。

倒れた行成の体を支え、声の限り助けを呼んでくれた帝の姿は、朦朧とした記憶の中でも覚えている。三条の邸で奏子と過ごす時よりも、声の限り叫んでくれた帝の側に仕える時に、心が呼び寄せられていた。

六

秋になって、ようやく都の疫病はおさまりつつあった。

職御曹司の定子も治癒し、幸いにして脩子内親王も無事だった。

そうして、ようやく行成が参内に復帰すると聞いた懐仁は、すぐに清涼殿に行成を召した。

「行成、無事に戻って嬉しいぞ！」

行成が昼御座の前に伺候するなり、懐仁は感情を隠すことなく言った。

「ずいぶん痩せたのではないか」

「はい、束帯が重うございます」

行成はそう言って、苦笑いした。

「辞意を上表された時は、まことに死を覚悟したぞ」

「はい、私もそのように」

「朕より先に死ぬことは許さぬ」

「何をおっしゃいますか。主上は私よりも八つもお若いのですから、私が先に逝《い》くのが順当にございましょう」

「それでも許さぬ」

きっぱりと言いきった懐仁に、行成は困ったように笑う。その眉根を寄せた顔に、再び会えたことが嬉しくて仕方がなかった。その勢いで、懐仁は続けた。

「朕にはな、叶えたい望みがあるのだ」

「叶えたいお望み、にございますか？」

突然に何を、と行成の表情は問うている。

懐仁は、御簾越しに清涼殿の狭い庭を見やった。清涼殿の庭は、白砂に呉竹《くれたけ》と河竹《かわたけ》だけが植えられた庭。その竹すらも、囲いの中だ。これが、籠の中で生きるしかない帝に似つかわしい庭だろう。

「いつの日か、退位をする時がくるであろう。その時には、この清涼殿を出て、院御所《いんのごしょ》を構え、そこで、定子と脩子と、ともに住まうのだ」

一介の貴族のように、好きな場所に邸を構え、広い庭には好きな花木《かぼく》を植えて、移りゆく季節を心のままに愛でよう。妻一人が住まう部屋に、気の向くままに出入りして、時には、妻と子とともに牛車に乗って寺社詣でもしよう。

「その院御所には、行成も仕えるのだ。ゆえに、朕より先に死ぬは許さぬ」

行成は微笑んだ。

「それならば、この行成、長生きをせねばなりません。ご退位あそばした主上のお側にも仕え続けねばならぬので」

その答えに頷き返しながら、懐仁は泣きたくなる。

そんな日がきたら、それ以上の幸せはないのではないだろうか。

だが、そんな日は、きっとこないであろうこともわかっている。今まで生きてきて、己の思うままになったことなど、一つもないのだから。

即位からして己の意思ではなく、伊周が失脚した時には定子を守るはずが、かえって彼女を追い詰めてしまった。我が子の内親王宣下すら周囲の思惑が絡んで思うようにならず、この先、道長の娘の入内も拒めない。

(夢が訪れる日は、きっとこない)

行成だって、この戯れに付き合って微笑んでいるが、ともに戦ってくれる権力はない。だからといって、行成の官位を引き上げようとは思わなかった。道長に対抗できるような高い官位を与えたところで、行成に伊周と同じ道を歩ませてしまうだけだとわかっていた。

七

行成が参内に復帰してから、二か月が経とうかという十月のことだった。

蔵人所で執務をしていると、惟弘が、少し慌てた様子で蔵人所を覗き込んでいた。行成の姿を捜しているらしい。

それに気づいた行成は、さりげなく目配せをして立ち上がった。簀子縁まで出て、庭先に跪く惟弘を窺った。

「どうした、何かあったのか」

「三条のお邸から、お言伝がございます」

私事の言伝と聞いて、行成は周囲の蔵人たちに配慮して、階を下りた。

「言伝とは？」

今は出仕中だ。言伝を聞いたところで、邸にすぐに戻れるとは限らない。だが、今までこのように、出仕中の行成を呼び出すことはなかった。よほどのことではないか、と嫌な予感がした。

「音羽丸様のお熱が下がりませぬ」

「熱？」

音羽丸は、これといった大病もせず、すくすくと育っていたが、数日前から風邪を引いたのか熱を出していた。今朝も、微熱がある音羽丸を、奏子が心配そうに抱き上げていた。その姿を横目に見ながら参内したのだった。すでに把握していることを言われ、やや拍子抜けした。

「音羽丸が熱を出していることは知っている。薬師《くすし》も祈禱も手配してあるはずだ」

赤子は些細なことで熱を出す。薬助丸の時もそうだった。むしろ、病弱でおとなしい薬助丸よりずっと音羽丸はすこやかだった。近頃は、這《は》い這いをするようになって、少しでも目を離すと悪戯をするから気が抜けぬ、と奏子も乳母も口をそろえる。邸に帰るたびにできることが増えていて、利発な男子に育っていく予感しかなかった。

熱が下がらぬくらいでわざわざ惟弘を蔵人所まで寄越すことはあるまい、と思ってしまった。

その感情が言葉尻に出てしまったのか、惟弘はやや恐縮したように言った。

「私も、お言伝をするほどでもないのでは、と北の方様に申し上げたのですが。北の方様は、いつもの熱と違う、と強くおっしゃいまして」

奏子がそのように強く物申すことはあまりない。

「そうか。ならば今宵は宿直せずに、夕刻には邸に戻る。そう伝えておいてくれ」

行成がそう言うと、惟弘は「かしこまりました」と応えた。

その夕刻、行成は内裏を退出すると三条の邸に帰った。いつも、この刻に邸に帰ると、廂の間で奏子と子供たちが夕空を眺めているのに、今日は廂の間には誰もいない。

「奏子は」

邸の女房に問うと、「音羽丸様を看病なさっています」と言う。

奏子の居室に入ると、几帳の影で奏子が音羽丸を抱いていた。

「奏子」

行成の帰宅に、奏子は顔を上げた。その瞼《まぶた》は赤く腫《は》れている。

（泣いたのか？）

行成がそう思った時、奏子は言った。

「もう何も口にしないのです。水も、乳も飲まず。呼びかけても、うっすらと目を開けるだけで」

すぐさま行成は傍らに座って、音羽丸の額に手を当てる。驚くほど熱かった。

「今朝は微熱ではなかったのか」

「昼頃からどんどん上がって、薬湯も吐き戻して、それで急ぎの使者を」

音羽丸は目を閉じたままだ。息が静かなのがかえって怖かった。息をしているのかと、こちらが頰を寄せねばわからぬほどの弱い呼吸だった。

「こうして抱いていると、どんどん力がなくなっていくのがわかるのです。きっとこの子は……だから……だから、急ぎの使者を遣わしましたのに」

どうしてもっと早く帰ってこなかったのですか、という言葉を飲み込むように、奏子はそのまま押し黙ってしまった。

「すまぬ」

もっと早く帰ってやればよかったという後悔が押し寄せてくる。生まれてまだ一年にも満たぬ赤子だ。雑事など、蔵人たちにまかせて、早々に帰ってくればよかった。

奏子は音羽丸を抱きゆすり、その名を呼びかける。

「音羽丸、目を開けて……。音羽丸、父上様がお戻りですよ……」

奏子の潤んだ声が、部屋に響く。

行成は、奏子の腕に抱かれる音羽丸の頬に手を添えた。このまま奏子とともに音羽丸を抱きしめてあげたい。四季の移ろいを感じることもできぬほどの短い人生になってしまうのならば、せめて、父母のぬくもりに包んで逝かせてやりたかった。

柔らかな頬に触れた時、ふと、ある思いがよぎった。

(このまま死んでしまったら……参内ができなくなる)

死穢《しえ》に触れてしまえば、ひと月近く内裏に出仕できなくなる。死は最大の穢《けが》れとされ、内裏という清浄な場にその穢れに触れた者が立ち入ることは許されない。たとえ我が子の死であろうと、看取《みと》るという選択をすることは、すなわち、職務を放棄することと同じだった。

行成は、音羽丸の頬に添えた手を、離した。

「行成様?」

奏子が行成の様子に気づいたようにこちらを見た。その視線から逃れるようにうつむいた。両手を膝の上に置き、拳《こぶし》を握る。

「すまぬ……ともに看取ることは、できぬ」

「どうしてですか……」

奏子は目を見開く。行成は押し黙った。奏子は、行成の袖を摑むと唇を震わせた。

「参内ができなくなるからですか」

「…………」

答えられない行成の袖を摑んだまま、奏子は語調を強めた。

「この子の死は、あなた様にとって、穢れなのですか」

「そうではない」

「では、なぜ？　しばらく参内ができなくなるくらい、よいではないですか。この子が、音羽丸が哀《あわ》れだとは思わぬのですか？　あなた様は、我が子の命より、参内なさることの方が大切なのですか？」

行成は目を閉じた。奏子を直視できなかった。違う、違う、そうではない、と叫び返したい。だけど、それができない。

奏子の言っていることが、間違っていないからだ。

(私は、死にゆく子に寄り添うことよりも、出仕できなくなることの方を案じている)

自分でも酷《ひど》いと思う。いつからこんなことを思うようになっていたのだろう。

「蔵人頭になって、あなた様は変わられた」

奏子の言葉が、心に突き刺さった。

目を開けると、奏子の頰に、涙が伝っていた。

「主上のことや、中宮様のこと、清少納言のことを語るあなた様を見ながら、私は、寂しかった。

行成様は、私たちのことよりも、蔵人頭であることの方が大切になってしまったの？」

奏子の頬を濡らす涙は、悲しみではなく、憤《いきどお》りだった。

行成は、掠れる声で「違う、そんなことはない」とかろうじて首を振ることしかできない。

「頼む、わかってくれ。……内裏に死穢を持ち込むことはできぬ。私は、蔵人頭なのだ。主上の最も近くに伺候せねばならぬ官職なのだ」

それは、奏子に言うというよりは、己に言い聞かせているかのような気がしてならなかった。

「それなら、蔵人頭など任官される前のあなた様の方が、ずっとよかった！」

「奏子……」

「散位にくすぶっていようと、藤原の傍流であろうと、気弱に眉根を寄せていたあなた様の方が、私は、好きでした」

二人の間に沈黙が漂う。音羽丸のかすかな吐息さえもが聞こえるほど、暗く、長い沈黙。

やがて、奏子の静かな言葉が、その沈黙に終わりを告げた。

「お庭にお下りください」

行成は胸を衝《つ》かれて、奏子を見やった。

奏子の腕の中で、音羽丸の小さな顎先がしゃくりあげていた。その引き攣《つ》った弱い呼吸は、最《さい》期《ご》の時であることを示していた。

たまらず、行成は音羽丸に手を伸ばした。だが、その手を拒むように、奏子は音羽丸を抱いたまま身を引いた。

「死穢に触れぬようにしたいのならば、今、部屋を出て、お庭にお下りください」

ほとんど睨みつけるような奏子の目は、真っ赤に潤んでいた。行成は、伸ばした手の行き場を失って、虚空を摑むようにしてその手を下ろした。

「許してくれ……」

この震える言葉は、奏子に対しても、音羽丸に対しても、何ほどの免罪にならぬとわかっている。それでも、言わずにはいられなかった。

奏子は音羽丸に頰を寄せて嗚咽した。行成は膝を押して立ち上がる。部屋を出ていく行成の背に、奏子はもう何も言わなかった。

庭に下りる階の傍らで、惟弘が戸惑うように行成を見やった。

「行成様、よいのですか」

黙したまま頷くと、階を下りる。

庭に、一人たたずんだ。

空を見上げれば、夕星《ゆうずつ》が瞬いていた。晩秋の風が、頰をなぶるように吹き抜けていく。その風の中に、絶え間なく「音羽丸、音羽丸」と奏子の声が聞こえる。

やがて、その声が途切れたと思った時、悲泣《ひきゅう》が耳を貫いた。

行成は空を見上げたまま「ああ」と吐息とともに声を漏らした。

星が滲《にじ》む。涙が溢れて止まらない。

(もし、散位にくすぶったままだったなら)

藤原氏の傍流として、今も上がらぬ官位のままでいたならば、きっと、我が子の死に、妻とともに寄り添っていたはずだ。奏子の腕の中で息を引き取る音羽丸の頬を手で包み込んで、その名を呼び続けただろう。そうして悲泣する奏子の肩を抱いて、ともに泣いていたはずだ。それなのに、どうして、独りで、泣いているのだろう。

今すぐ、駆け戻りたい。奏子と音羽丸をこの両腕で抱きしめたい。なのにそれができない。いや、できないのではなく、しないと、選んだのだ。

(私は、蔵人頭だから)

むせび泣きながら、道長から言われた言葉を呟いていた。

「優しいだけではどうにもならぬ、ままならぬことばかり……」

滲む夕空に、その言葉が響いた。

第五章

内裏炎上

一

懐仁は、鼻先が冷たくて目を覚ました。

ほう、と息を吐いてみる。白い息が、夜御殿に淡く舞う。身を起こすと、閉じた格子戸《こうしど》の隙間から、白い光が漏れていた。

十二月、年の瀬も迫った早朝は、もう少し薄暗いはずだ。

(もう夜が明けているのか。いや、まだのはずだ)

起床の刻となれば、典侍《ないしのすけ》が告げにくるはずだ。起こしていた体を、再び横たえた。起床の刻を告げる前に帝が起きていたら、きっと、典侍が困るから。

夜御殿に、懐仁はただ一人。そこにいてほしい人を探すように、誰もいない褥《しとね》を撫でてしまう。十九歳の体が、定子のぬくもりを求め、その不在に疼《うず》いた。

一人寝が寂しければ、後宮にいる女御を召せばいいのだ。

定子のいない後宮には、今が好機とばかりに、公卿たちが娘を入内させていた。内大臣藤原公《きん》季《すえ》の娘の義子《よしこ》、右大臣藤原顕光《あきみつ》の娘の元子《もとこ》、藤原道兼《みちかね》の娘尊子《たかこ》。

そして、左大臣道長の娘の彰子が入内する日も近い。

それらを懐仁が拒むことは、許されなかった。公卿の娘の入内を拒むということは、その公卿の面目を潰すことに等しいのだ。いらぬ諍いや軋轢《あつれき》を生み、世は乱れる。それに、何よりも帝に必要とされるのは、誰もが認める世継ぎを作ること。そこに、人としての感情を挟む余地などはない。

それでも、定子を忘れることはできなかった。

心、ここにあらず。その抱擁《ほうよう》を、女御たちはどう思っていたのだろう。女御たちの虚《むな》しさを無視できるほど、懐仁は冷血にはなれない。女御は、父や兄弟の官位を上げ、家の繁栄のために、帝の子を孕《はら》まねばならないのだ。

もはや、彼女たちに与えうる懐仁の感情は、愛情ではなく憐憫《れんびん》だった。

そうして一度だけ、元子に懐妊の兆候があった。だが、その腹の子は、流れてしまった。それも、安産の祈禱をしている最中の流産だった。あまりの悲惨な結果に元子は心を病んで、里下がりをしたままだ。

以来、懐仁は、すべての女御たちを遠ざけていた。

誰にも言えないが、心の中ではこの流産が、己が定子への執心を持ったまま元子を孕ませたがゆえの罰ではないかと思っている。

そう思ったらもう、定子以外の女人を抱くことなど、できなかった。

（一人寝が寂しいのではない。二人寝が、怖いのだ）

深く、ため息をつく。その息が、白く舞い上がる。

その時、耳元に、定子の声が聞こえたような気がした。

〈こんな朝は、雪が降り積もっていると思います〉

はっとして、傍らを見やる。だが、同じ褥に眠る者は、誰もいない。

（空耳か……）

あれは、定子が入内して間もなくの頃だったと思う。懐仁は十一歳、定子は十五歳だった。夫婦として、というよりも、姉に甘える弟のごとく共寝していた。まだ体の繋がりはなくて、こんな寒い日の朝は、互いのぬくもりに無邪気に足を絡め合っていた。

「寒いね」と言った息が白くて、定子も白い息で笑って返した。

（あの日も、格子戸から漏れる外の光が、妙に白くて、明るかった）

懐仁は、戻れない日に浸りたくて、一人、目を閉じた。

＊

「こんな朝は、雪が降り積もっていると思います」

定子は夜御殿の薄闇の中で、目を輝かせて言った。

「雪が？」

懐仁は定子の胸に体を寄せたまま問い返した。

「ええ。鼻が冷たくて目覚めた時は、外も妙に白くて明るい。こんな朝は、夜に降り始めた雪が積もっているはずです」

「典侍が起こしにくるのが待ち遠しいね」

「起こしにくる前に、見に行きませんか？」

定子は悪戯っぽく笑った。その目が、とても可愛かった。と思ってしまうと、否とは言えなかった。「そんなことをしたら、典侍に怒られるよ」などというつまらない言葉を口にしたくはなかった。

定子に誘われるままに身を起こして、夜御殿を抜け出した。

夜御殿は四方に妻戸《つまど》がある塗籠《ぬりごめ》の小部屋だ。表には、典侍もいるし、宿直の蔵人も控えている。だから、物音を立てないように、足音も忍ばせて、屏風の後ろから、誰も控えていない方へ回って広廂まで出た。

広廂に繋がる妻戸を開けたら、凍りつくような冷気が吹き込んだ。寒さに肩を竦めて、定子にぴたりと寄り添った。定子は懐仁の肩を抱いて「ほら、やはり」と外を指す。

その細い指先が示す庭には、雪がうっすらと積もっていた。

「ほんとだ、雪だ！」

定子が「しっ」と指を唇の前に立てた。

「気取《けど》られます、お声は密《ひそ》やかに」

囁く定子の息が、懐仁の耳朶《じだ》をくすぐった。

清涼殿の周りを流れる御溝水《みかわみず》も凍っている。警護の滝口《たきぐち》の武士が、気配に気づいたのかこちらを窺った。しっかり目が合ってしまったけれど、滝口の武士も、まさか、こんなところから帝と中宮が出てくるなど思ってもいなかったのだろう。

声を出しそうになる滝口の武士を、定子は素早く「静かに」と制する。懐仁も定子と一緒になって笑んだ。滝口の武士に向かって、小声で「声を出すな」と命じた。帝からの直々の命に、相手は慌てて跪いて、恐れ入るばかり。

二人は、かじかむ手を取り合って、清涼殿の簀子縁から庭を眺めた。竹の葉にも雪が降り積もり、昇り始めた陽光に、透明に煌めいていた。

懐仁は定子の手をぎゅっと握った。定子は、どうしたのですか？　というように小首を傾げた。

懐仁は煌めく庭を見て言った。

「こんなに綺麗な清涼殿は、初めてだ」

一人で見る景色と、まるですべてが違った。定子と一緒にいるだけで、見たこともない景色が広がっていく……。

（だから、ずっと一緒にいたかった。だから、伊周を裁いた……それが、過ちだったというのか）

帝として、定子を守るには、そうするしかなかったのに。

懐仁は目を閉じたまま、現実を否定したい思いに駆られた。目を開けてしまえば、そこには定子のいない闇があるだけだ。

＊

伊周の失脚、定子の出家からもう二年。その間、一度も対面していない。

行成が職御曹司から戻ってくるたびにその様子を聞くが、還俗する気配はないという。尼姿のままでは内裏に戻れぬことは、定子もわかっているはずなのに。

出家の身で中宮であり続ける定子は、この二年の間、中宮として成すべきことを、何一つ果たしていなかった。そうであっても中宮としての禄を食《は》み続けている定子に、道長や皇太后詮子はむろん、他の公卿たちや下々の官吏《かんり》までもが、冷ややかな目を向けている。

定子のためを思うならば、懐仁が定子の出家を正式に認め、廃后するのが最も平穏な決着なのだ。脩子内親王の母としての立場で、どこかの寺にでも隠棲《いんせい》させれば、心静かに余生を送ることができよう。

それでも、廃后にできない。

定子の心を壊したまま、永遠に会えなくなるなど、とても耐えられない。

この懐仁の執着が、余計に定子を苦しめ、他の女御たちの感情をも踏みにじっていることもわかっている。

年が明ければ、道長の娘の彰子は十二歳となり、成人の儀である裳着を行うという。入内するための裳着であることは、明らかだ。成人の儀を済ませるといっても、心も体も大人ではない。それなのに、戻らぬ妻を想い続ける男の妻にさせられるのだ。

彰子入内は、皇太后詮子が後押ししている。元子など、他の女御の入内とは意味がまるで違う。中宮にふさわしい新しい后の入内。つまり、定子の廃后。それが、誰もが納得する結末なのだ。頭ではわかっている、だけど、心が受け入れることを拒んでいる。

懐仁は固く目を閉じたまま、うずくまるようにして呻《うめ》いた。

「帝であるばかりに、誰も幸せにできぬ」

定子への執着さえ捨てれば、解決するのだ。己以外のすべての者が救われるのだ。定子を諦めてしまえばいいのだ、定子と過ごした日々を忘れてしまえばいいのだ。それなのに、たったそれだけのことが、どうしてもできない。

〈こんな朝は、雪が降り積もっていると思います〉

また、あの日の定子の声が聞こえた。

尼姿のままでいい。顔が見たい、声が聞きたい、その手に触れたい。たったそれだけでいい。もう、それだけでいい。

「逢《あ》いたい」

ただそれだけを呟いた。

中途半端なままにするには、限界だった。

世の目も、己の心も。

懐仁は目を開けた。典侍が起こしにこなくとも、構わない。外に雪が降り積もっているかどうか、この、白い明るさが、本当に雪明かりなのか、今すぐ確かめたかった。

（もし、外に雪が降り積もっていたならば、定子を内裏に呼び戻す。雪が降り積もっていなければ、定子の出家を認めて隠棲させる）

これは、賭《か》けといえば賭けであり、祈りといえば祈りでもあった。

懐仁は、がばと起き上がると、足音も憚ることなく夜御殿を出た。広廂に繋がる妻戸を躊躇うことなく開ききった。

頬に、凍りつくような冷気が吹き抜けた。

白い光に目を細め、そうして、祈るように目を開けた。

果たして、そこにはあの日と同じ、雪が煌めいていた。

二

行成が職御曹司に辿り着く頃には、もう沓《くつ》の中にまで雪が染み入って、凍るように冷えきっていた。

「たいそう積もりましたね」

行成を迎え入れた清少納言が、足を拭く手巾《しゅきん》を渡しながら言った。行成はありがたく受け取りながらも、不満を漏らした。

「というか、内裏からここまでの道は、まったく雪かきがされていなかった」

「行成様が愚痴とは珍しいこと」

清少納言は小さく笑った。行成は、ふん、と鼻息で返す。

夜通し降った雪は、朝になると、十二月の都を白く染めていた。三条の邸から内裏にくる牛車も、幾度も車輪が嵌《はま》り、ひと苦労だったのだ。そうして、ようやっと清涼殿へ参上すると、帝から職御曹司への雪見舞いを命じられた。職御曹司は、官庁が並ぶ大内裏の一角なのだから、当然、除雪がされていると思っていた。

「己の見込みが甘かった。舎人たちは、いったい何をやっている」

「諸事情により、出払っているようですよ」

「諸事情により？」

清少納言は、すまし顔だ。

「ひとまず、どうぞ中へ。中宮様のお部屋は火桶で暖かくなっておりますよ」

定子の居室へ向かう。その途上、庭を見やった行成は目を疑った。

「な、何をやっているのだ」

舎人や警護の武士までもが総出で、庭に大きな雪山をこしらえていた。その様子を、女房たちが簀子縁に出て、賑《にぎ》やかに見ている。女房たちの襲の色目が、白雪に映えて、そこだけ一足先に春がきたようだ。雪山を作っている男たちも、女房たちが楽しそうに見ているものだから、余計に張りきって、どんどん雪山は大きくなっていく。

清少納言は、行成の方を振り返った。

「諸事情により、人が出払っていると申しましたでしょう。中宮様が、職御曹司の庭に、大きな雪山を作るように命じたのです」

「どうしてそんな」

無駄なことを、と言いそうになった行成に、清少納言ではない声が応えた。

「雪山でも作って景色を変えてしまいたかった」

驚いて行成は声の方を見やった。そうして、さらに我が目を疑った。

定子が御簾を上げて、簀子縁の女房たちの間から見物していたのだ。尼削ぎの髪に鈍色の袿姿は、華やかな襲の中に交ざると、かえって目立っている。

相変わらず、その表情に笑みはない。しかし、その淡々とした横顔は、もともとの端整な顔立ちもあって、純白の雪景色の中に冴えた美しさを放っている。

「中宮様……」

出家の身とはいえ、いまだ中宮の立場である。それなのに、雪山を作っている下級官人の男たちの目に触れる場所に立っている。中には、定子に向かって無遠慮な視線を向ける男もいる。

行成は、定子に向けられる視線を塞ぐように、御前に跪いた。

「どうか、御簾の中へお戻りください」

「香炉峰《こうろほう》の雪はいかが？　というのは、行成にはわからぬか」

漢詩の素養を交えた皮肉を言われ、行成は若干の苛立ちを込めて言い返してしまった。

「存じております。ですが、人目があまりに多すぎます」

「つまらないこと。清少納言に同じことを問うたら、御簾を上げてくれたが？」

行成は清少納言に視線をやった。清少納言は、すました目礼のみ。

香炉峰の雪、とは、唐《とう》の詩人、白居易《はくきょい》の漢詩集、『白氏文集《はくしもんじゆう》』にある一節だ。

遺愛寺《いあいじ》ノ鐘ハ枕ヲ欹《そばだ》テテ聴《き》キ
香炉峰ノ雪ハ簾《すだれ》ヲ撥《かか》ゲテ看《み》ル

香炉峰は山の名で、雪の降り積もった香炉峰を部屋の中から見ようと御簾を撥げた、という場面を歌った漢詩である。

漢詩の素養がある者なら知らない者はいない、というくらい有名な一節だ。それを、「行成にはわからぬか」とわざわざ言うところが、嫌味だと思った。

それに、そもそも、この詩は、白居易が左遷された頃に歌ったものだ。職御曹司に留め置かれている己の立場をも、挑発的に言いたいのか。

いろいろと腹に据えかねつつも、それを抑えながら言った。

「お立場をお考えください」

定子は行成を見やり、投げやるように言った。

「立場か。それを考えぬ時はないな。行成は、私をどう思っている」

「ど、どう、とおっしゃいましても」

不覚にも、動揺してしまった。中宮だ、と応えるしかない。だが、行成が逡巡《しゅんじゅん》している間に、
定子は、清少納言に問い直す。

「清少納言は、私のことをどう思う」

清少納言は即答した。

「お慕いしております」

その答えにも定子は表情を変えることなく、真顔で「行成は？」と問う。

行成は答えに窮して清少納言を軽く睨む。清少納言が余計な返事をしたおかげで、さらに答えにくくなってしまったではないか。清少納言は、またしてもすました目礼のみ。

定子は、答えを待つことなく言った。

「さて、戯れ言はこの程度にしておこう。主上のお言葉があって、参ったのであろう」

定子はさっさと部屋の奥へ入ると、御簾を下ろした。

行成は脱力したように息を吐く。

（ざ、戯れ言）

真顔の戯れ言ほど、心の臓《しんのぞう》に悪い。それがわかって、弄《もてあそ》ばれたような気分になった。

今日は、いつにもまして調子を乱される。と思いかけて、ふと気づく。

真顔であっても戯れ言を放つということは、少なからず定子の心持ちが変化しているということではないか。それは、これまでの日々を、清少納言が、才知を尽くして支えてきた証なのかもしれない。

それが上向きに変化しているのか、下向きに変化しているのかは、わからない。それでも、今日、この時に、定子のもとを訪ねたことは、正解だったかもしれぬ。

今日ばかりは、もう引き下がれない。その思いで行成は、定子の後に従って部屋に入ると、改めて向き合った。

「端的に申し上げます」と一言添えて言った。

「主上は、中宮様の内裏還御をお望みです」

「出家の女人が、後宮に入るなど、聞いたことがない」

「ですから、還俗をなさり、登花殿にお戻りください」

「それはできぬ。私の望みは、主上に出家をお認めいただき、この中宮の座を降りること。脩子の内親王宣下も叶ったゆえ、もう、思い残すことはない」

「年が明けましたら、左大臣道長様の姫君、彰子様が裳着をなさいます」

行成の切り返しに、定子はやや間を置いてから「そうか」と答えた。

「それは、めでたい。私からも祝儀《しゅうぎ》を贈ろう」

「この裳着が、何を意味するかおわかりにならぬ中宮様とは思えませぬが」

「そうだな。廃后される中宮に替わる、新しい中宮としての入内、といったところであろう。皇太后詮子様もお認めになる、いや、文武百官が認める、ふさわしき中宮だ」

「はい」

行成は憚ることなく頷いた。このくらい強気でいかねば、この人には、かわされてしまう。

「そうなる前に、主上は中宮様に一目《ひとめ》会いたいと、強くお望みです。あの政変から早《はや》二年、主上は中宮様のお戻りを待ち続けておられます。ですがもう、お待ちになれる時は、わずかなのです」

彰子の入内が迫っている。彰子が入内してしまった後はもう、定子を廃后するしかない。そうなる前に、一度だけでいいから会いたいと、帝は望んでいるのだ。

行成は一歩踏み出す思いで、前のめりになって言った。

「主上は、帝としての決断が結果として中宮様のお心を傷つけてしまったことを、深く後悔なさっています。このまま廃后となり、永遠に会えなくなることは、耐えられぬと。帝と中宮として、内裏でお会いになるのが許される時はもう、今しかないのです」

定子は黙った。長い沈黙の間、傍らに控える清少納言も、微動だにしなかった。

外では雪山作りをする男たちの賑やかな声に、それを見物する女房たちの華やかな声が響いている。その喧騒《けんそう》は、この願いを伝えるには、かえって好都合だった。人々の目は、雪山に注がれている。雪山の喧騒が途絶える前に、定子の答えが聞きたかった。

やがて、定子は口を開いた。

「一目会ってしまえば、もう戻れなくなる。私も、主上も」

行成は沈黙で応えた。どうぞ思うままに言ってくださいと、視線を定子に送る。定子は、ぽつり、ぽつりと言った。

「私とて、この二年の間、戻れるものなら戻りたいと、幾度思ったか。だけど、私が戻りたいのは、内裏ではない。政変が起きる前に、戻りたいのだ」

その言葉は、最後の方はかすかに震えていた。うつむいた定子の眦《まなじり》から、涙が落ちた。

その雫《しずく》に、行成は、はっとした。心の揺らめきが、こぼれ落ちた瞬間だった。

今なら、言葉が、心に届く。

行成は、そう確信した。

「去る十月に、私は男子を失いました」

唐突な言葉に、定子も清少納言も、やや戸惑うように行成を窺った。

「数日前から熱病を起こしていて、亡くなりました。昨年生まれたばかりで……本当に、美しい子でした」

行成は、膝の上に置いた手を握った。

「私は、我が子の命が消えゆく時、死穢に触れたら参内できなくなることを、真っ先に案じてしまった。そのことを、妻に責められました。散位であろうと、藤原の傍流であろうと、蔵人頭になる前の方が、好きだった、と」

「……………」

「それなのに、今もこうして、蔵人頭として仕えている」

「それは、どうして?」

定子の問いかけに、行成は「それは……」と一呼吸置くと、その答えをはっきりと述べた。

「中宮様を失いたくないという、主上のたった一つの願いを、いまだ叶えられていないからです。その願いが叶うならば、私はこの職を辞しても構わない。その覚悟で、今日は参りました」

今も、三条の邸に帰れば、奏子は何事もなかったかのように微笑んでくれている。だが、その心に行成がつけた傷痕《きずあと》は、きっと、これからも、残るのだろう。たとえ、この先、蔵人頭を辞したとしても、音羽丸は、もう戻らないのだから。

だからこそ、行成は顔を上げた。

「人は一つ我意《がい》を叶えれば、一つ何かを失うのではないでしょうか。生きていく限り、何も失わぬ人はいない。だから、戻れないことを、悲しむのではなく、受け入れねばなりません。そうでなければ、前に進めない」

定子は、行成の言葉を最後まで聞くと、何も言わずに立ち上がった。そのまま簀子縁の方へ歩んでいく。その背中を、行成と清少納言は視線で追いかけた。

定子は、下げられた御簾の前に立つと、御簾越しに庭の雪山をじっと見つめた。

長い無言の間、行成も清少納言も、沈黙で応えるようにその背中を見つめ続けた。

そうして、その沈黙の中に、定子の声が響いた。

「戻れぬことを、受け入れる……か」

そう言い終わるや否や、定子は、御簾を撥ね上げていた。

「この雪山、何日持つだろう」

簀子縁にいた女房たちが、驚いたように定子を見上げた。前触れもない発言に、女房たちは戸惑いつつも、目の前の雪山作りの高揚はそのままに答えた。

「十日かしら」「いや、七日でしょう」「そんなに?」などと口々に言い合う。その喧騒の中で、定子は、振り返った。

いつかの日と同じ、悪戯っぽい目が、行成を見ていた。

行成は、その目に頷き返す。

定子は視線を清少納言に移すと、問いかけた。

「清少納言は、どう思う」

清少納言は、迷うことなく答えた。

「私は、正月の十五日まで持つと思います」

行成は頭の中で日数を数えた。今が十二月の十日ばかりだ。ひと月以上、持つとは思えない。だが、正月の十五日、という日にちに、確信した。

(粥杖だ)

七種粥を炊いた粥杖で、子宝を願う日。かつて登花殿で、主上と定子が笑い合っていたあの日を指しているのだ。何も感じ取らぬ女房たちは「無理よ」と笑っている。

定子は、言った。

「やはり、清少納言は面白いことを言う。ならば、正月十五日、融《と》け残った雪山を献上しておくれ」

清少納言は、問い返す。

「どちらまで、献上いたしましょうか」

定子は、微笑を見せて、一言で答えた。

「登花殿へ」

三

定子が密やかに内裏に還御したのは、年が明けた、一月三日のことだった。

あくまで脩子内親王の参内として進められたため、内裏の者たちが定子の還御に気づいたのは、登花殿に座す脩子内親王の傍らに、尼姿の定子が座した後だった。

行成とともに登花殿に入った帝は、その場で立ち尽くした。

「脩子が参内する、のではなかったのか」

行成は、低頭して言った。

「確かに、脩子内親王様が参内されています。此度は、母宮《ははみや》様にもお付き添い願いました」

正式な還御ではない。あくまで、脩子内親王の母としての参内だ、と強調した上で言った。

「皇太后詮子様も、左大臣道長様も、ご存じないことにございます」

ここだけの話で済ませたい、という意味だ。だが、ここは内裏だ。定子が参内したことは、今日の内に、都中に広まるだろう。すでに、顔色を変えた女官たちが、幾人かこの場から立ち去っていた。道長か詮子のもとへ報告に駆けたのだろう。

「もし、この先、誰かが責めを負わねばならぬ事態となれば、己が蔵人頭を辞したいと存じます」

帝が尼姿の定子を見るのは、これが初めてだった。行成は、帝をそっと窺った。尼姿のまま現れることは、かえって、酷だったかもしれぬ。

しかし、立ち尽くしていた帝の目に、涙が浮かんだと思った時にはもう、定子のもとへ駆け寄っていた。

「定子……!」

そうして定子を見つめて、絞《しぼ》り出すように言った。

「朕が、帝であるがゆえに、そなたを……そなたを、かように追い詰めた」

帝は声を詰まらせ、尼削ぎの黒髪に手を伸ばす。溢れ出す後悔を、言葉にしようとしても、唇がわななくばかりで、声にならないのだろう。

震える指先で、短くなった黒髪を梳くように撫でる。その指が、肩のあたりで切りそろえられた毛先に達すると、たまらなくなった様子で、定子を強く抱きしめた。

定子は拒むことなく、両手をそっと帝の背に回して応えた。

「もう、よいのです。あなた様が帝であるがゆえに私を追い詰めたのならば、私は中宮であるがゆえにあなた様を苦しめている。ただ、それだけのこと」

帝はもう何も言えず、定子を抱きしめたまま落涙した。

定子は、帝の腕の中で、語りかけるように言った。

「正月十五日、清少納言は、雪山が残っているというのです。そうして、この登花殿に献上する約束をしております」

その言葉に、帝は、はっとした様子で定子を見た。定子は、頷き返す。

「ゆえに、清少納言が雪山を献上するまで、私はこの登花殿にいなければなりません」

その傍らで脩子内親王は、初めて、父母がそろった姿を、不思議そうに見ていた。

行成は、膝行して下がった。周囲の女房たちもそれと察して、さりげなく退出していく。定子と帝と脩子と、今はただ、親子三人だけに、という気遣いだった。

行成が一礼して退出しようとした時、帝が言った。

「行成」

毅然と呼び止められ、行成は「は」と畏まって低頭した。

「誰にも、責めを負わせはしない」

帝は、脩子と定子と、それぞれを見やって、確信のある口調で言った。

「ここにいるのは、脩子とその母と、そして父だ。子と母と父が、同じ場にいることを責められる理由が、この世のどこにあろうか」

行成は、深い黙礼で返した。

退出すると、渡殿で清少納言が行成を待っていた。その笑みに、行成は小さく息を吐いて、思わずこぼす。

「これで、よかったのだろうか」

「よかったのかどうかは、私たちが決めることではありません。主上と中宮様がお決めになられたらよいかと」

「それはそうなのだが」

「私はてっきり、行成様が蔵人頭を辞したい一心で計った策なのかと」

「あいかわらずだな」

「お褒めの言葉かと」

「この後、そなたはどうする。内裏に残るのか」

「私は……いったん職御曹司に戻ります。雪山が融けぬよう手を尽くす、滑稽《こっけい》な清少納言にならないといけませんので。庭の雪山に番人を置いて、神仏に祈って、あがいてみせます」

「あがいてみせる？」

「正月十五日に清少納言が雪山を献上するまでは、中宮様は登花殿でお待ちになっていないといけない、のですから」

「まさか、そなた……」

「雪山は少しずつ融けながら、なんとか十四日までは残っている。だけど、十五日には忽然《こつぜん》と消えてしまいます」

「融けるのではなく、消えてしまう、のだな」

行成が確かめるように言うと、清少納言は、不敵な笑みを見せた。

消えてしまった雪山は献上することは不可能だ。それは、すなわち、もう職御曹司に定子は帰らない、という意味ではなかろうか。

眉間に手を当てる行成に、清少納言は不敵な笑みのまま言った。

「もう、戻れませんよ。戻れないことを、悲しむのではなく、受け入れねば前に進めない。そうおっしゃったのは、行成様ですからね」

「なんだか腹が痛くなってきた」

「さすって差し上げましょうか」

「いい。邸に帰って妻にさすってもらいたい」

「悔しいこと」

「悔しい？　どうして」

清少納言は、呆れたようなため息をついて、さっさと歩んでいく。

そうして、正月十五日、定子は粥杖の日を帝とともに迎えた。定子に懐妊の兆しが表れたのは、彰子の裳着が行われた如月《きさらぎ》、春の訪れる頃だった。

四

日中の暑さが、夜の帳《とばり》の中にかすかに残っている。

静まり返った清涼殿、伺候する宿直の蔵人が、座位のまま舟を漕《こ》いでいる。そのくらい、静かな夏の夜だった。

懐仁は、広廂の御簾も上げさせて、月明かりのもとで一人、書を読んでいた。いつもならとうに就寝している刻だが、夜風が心地よくて、閉めきった夜御殿に入ろうという気にならない。

文机に開いているのは、今年の正月、定子が雪山を口実に、密やかに内裏に滞在した際、清涼殿に置いていった、紙を綴《と》じた草子《そうし》だった。

この紙には、もともと、懐かしい思い出があった。それは、まだ定子の兄の伊周が内大臣だった頃のことだ。伊周が真っ白な紙の束を、献上したのだ。

（朕が『史記』を写すと言ったら、定子はこれを清少納言に下賜《かし》したのだった）

＊

懐仁と定子は、伊周が献上した紙の束を前に、何をこれに書こうか、と楽しく思案した。

『史記』を写そうか『古今和歌集《こきんわかしゅう》』を写そうか、と話していると、清少納言が「枕《まくら》にしてはいかがですか」と言ったのだ。

言われてみれば、枕にするにはちょうど良い厚さだ。とはいえ、こんなに上質な紙を枕にする、とは。突飛《とっぴ》な発言に、懐仁も定子も笑ってしまった。

「こんなに良い紙を枕にしたら、さぞ素敵な夢が見られそうね」

定子はそう言うと、懐仁を見た。

「これを、清少納言に下賜してはいかがですか？」

「本当に枕にさせるつもりか？」

「まさか。清少納言に、好きなことを好きなように、書いてもらいましょう。きっと、楽しいものになると思いますよ。『史記』や『古今和歌集』は、誰もが知っているものだけれど、誰も知らない草子を、最初に読めたら、素敵だと思いませんか？」

「誰も知らない草子、か」

懐仁は、思った。素敵なのは、そなたの方だ、と。

伊周の謀反騒動が起きたのは、それから数か月後のことだった。

＊

以来、その紙の存在をすっかり忘れていたが、今年の正月、定子と再会を果たした折、紙は草子となって献上されたのだ。

〈内裏を下がっている間、暇を持て余しておりましたので。執筆するには、好都合にございました〉

などと、清少納言はおどけて言っていたが、その真意はこの草子の中身が語っていた。凋落した日々のことは一切書かれず、内裏での華やかだった日々はむろん、職御曹司で暮らす日々さえも、満たされているかのように、言葉が飾り立てられていた。

懐仁は吐息をついた。そうして、文机に置かれた草子に手を置いた。

内裏で懐仁とともに過ごした定子は、懐妊した。そして、今は再び職御曹司に戻っている。懐妊した后妃は、内裏を退出して生家に下がるのが習わしだ。だが、定子の生家はもう焼失している。職御曹司しか身を寄せる場がないのだ。

定子の第二子の懐妊に、世の人々が厳しい目を向けていることは、懐仁もわかっている。そしてその批判の矛先が、定子だけでなく、帝たる己に向いていることもわかっている。

尼姿のままの中宮を密やかに内裏に入れただけでなく、寵愛の末に懐妊させた。俗世を捨てたはずの出家の女人を抱くなど、帝と中宮という立場でなくとも、謗《そし》られて当然の行いだろう。それでも、定子を求める心と体が、抑えきれなかった。

抑えきれぬ想いが、定子を余計に苦しい立場にさせたことも、他の女御たちを踏みにじっていることも、そして国を統《す》べる帝として人心を乱していることも、わかっている。

だが、その許されぬ想いの中に、かすかな希望を見いださずにはいられなかった。

（もし、男子が生まれれば）

その子は、二十歳の懐仁にとって初めての男子、つまり皇位継承権を持つ第一親王となる。

脩子内親王の誕生とは、及ぼす影響が大きく異なる。

子が東宮となれば、定子はやがて国母となる。そうなれば、もう誰も、定子を蔑《ないがし》ろにすることはできない。

この、かすかな希望を、強く願わずにはいられなかった。

その時、ふっと、夜風に懐仁は顔を上げた。

ほぼ同時に、慌ただしい足音が近づいてきて、眠気に舟を漕いでいた蔵人も飛び起きた。夜風に漂う匂いに、懐仁も立ち上がっていた。

「火か」

そう口にすると同時に、広廂に慌ただしい足音で駆け入ったのは、束帯姿の行成だった。今宵は宿直で蔵人所にいたのだ。行成は跪いて言った。

「修理職《しゅりしき》が失火。舎人たちが消火にあたっておりますが、火の勢いがおさまりませぬ」

前置きもない奏上に、小火《ぼや》ではないことはすぐに察せられた。

「夜風の匂いでわかった」

ということは、風が清涼殿に向いているということでもある。

平安京遷都から二百年あまり。その間、火事は幾度となくあった。内裏が全焼したこともある。

だが、懐仁の御代となってこの火事はこれが初めてのことだった。

「風に火の粉が煽《あお》られて、すでに内裏の殿舎に飛び火しております。ここ数日の炎暑で水も干上がって、手の施しようがありません。清涼殿に火が回る前に、ただちに遷御《せんぎょ》のお支度を」

行成がそう言うと、控えていた蔵人が、懐仁を乗せるための腰輿《たごし》の手配に走っていく。

蔵人たちの怒鳴り声や、女官たちの悲鳴が遠く聞こえる。内裏は渡殿で殿舎が繋がっている。

木造の殿舎、一気に燃え広がるのは想像に難くない。御簾が燃えれば火は天井まで駆けのぼり、逃げ場がなくなる。

行成は、懐仁に御袍を着付けながら、典侍に険しく声をかける。

「剣璽《けんじ》を持て！」

典侍が駆け入るように夜御殿の扉を開けて中へ入っていく。剣璽は、皇位の正統性を示す三種《さんしゅ》の神器《じんぎ》のうち、草薙剣《くさなぎのつるぎ》と八尺瓊勾玉《やさかにのまがたま》であり、夜御殿に安置されている。

「温明殿《うんめいでん》の内侍《ないし》に、火のことは伝わっているか」

懐仁は、温明殿に安置されている神鏡《しんきょう》のことを問うた。行成は「すでに伝えてあります」と答える。その間も、着付ける手を休めない。

「後宮は」

今、後宮には女御の義子と尊子がいる。

「女御様には、大極殿《だいごくでん》への遷御を急ぎ進めております」

その返答にひとまず安堵した。

右大臣の娘である元子は、流産の後は生家に戻ったきりだから、この火事に巻き込まれる恐れはない。そして定子も脩子も職御曹司にいるのが、この期《ご》においてはかえってよかったといえる。

「左大臣は」

「道長殿は、今宵は、自邸の土御門邸におられます。そちらにも使者を送っております。間もなく参られるはずです。皇太后詮子様は一条院《いちじょういん》に御座所を移しておられますゆえご無事かと」

一条院は、一条大路に面した広大な邸宅で、かつては藤原為光《ためみつ》邸であった場所だ。

迅速な手配に、今宵の宿直が行成でよかった、と心底そう思った。

「調度はいくら焼けてもよい。人だけは誰一人死なせてはならぬ」

懐仁の厳命に、行成は「は」と畏まる。

そこへ、腰輿の手配をした蔵人が戻ってきた。

「輿のお支度がととのいました。取り急ぎ、大極殿へ」

大極殿は、即位や大嘗祭《だいじょうさい》などの重要な儀式を行う殿舎だ。儀式の場ゆえに、普段は、人が立ち入ることもほとんどない。儀式の折には文武百官が集う広大さが、このような非常時に逃げ込む場所としては適していた。

懐仁は行成の先導で、清涼殿を出た。渡殿に出たところで空を見上げると、真夜中だというのに夕空のようだった。星屑《ほしくず》のように見えるのは、風に流される火の粉だろうか。火の粉が舞い落ちた檜皮葺《ひわだぶ》きの屋根は、すでにくすぶり始めていた。清涼殿に火が回るのは、時の問題だった。

「主上、お急ぎなさいませ」

行成の声に急かされて、はっとした。

「枕が……」

あの草子を、置いてきてしまった。行成は何のことかわからず「枕?」と怪訝な顔をする。そんなことよりも早く、といった焦りが表情に滲み出ている。それでも、懐仁は、枕を置いて逃げることができなかった。

(定子と過ごした日々までもが、炎に焼き尽くされてしまう)

「主上!」

行成が叫んだ時にはもう、懐仁は道を戻っていた。

清涼殿に駆け戻ると、そこにはもう誰もいなかった。すでに女官たちも退避したのだろう。延焼を防ぐために御簾も引きはがされ、仕切るもののない清涼殿は妙に広く感じた。遠く、怒声や叫び声が聞こえる。懐仁は文机へ向かうと、そこに置かれた草子を手に取った。

その瞬間、ふっと、ある思いがよぎった。

（このまま、すべてが焼けてしまったら）

清涼殿も、殿上間も、登花殿も、後宮の殿舎も、皇位の正統性を示す神器も、そして、この身さえも、すべてが焼き尽くされてしまったら。

（楽になるのではないか）

そうすれば、定子に対する厳しい目も、彰子を入内させて定子に替わる中宮として立后《りっこう》させることも、己さえいなくなれば、すべてが解消する。

懐仁は、草子を胸に抱きしめると、その場にしゃがみこんだ。

定子と過ごした、陽光に満ちた日々が描かれた、この枕の草子とともに。清涼殿という籠の中で、焼け失《う》せてしまいたかった。

ほうら、見たことか。

どこからともなく、そんな声がしたような気がした。

内裏炎上は、戒《いまし》めであり、答えなのではないか。この国を統べる帝でありながら、たった一人を愛した、己への戒めと答え。

定子を中宮らしからぬ中宮としてしまったのは、帝らしからぬ帝なのだ。

「主上！」

行成の声が響いた。そのまま、腕をぐっと引き上げられた。もはや一刻の猶予もない事態に、敬意を払う余裕もないのだろう。すでにそこまで火が回っているのか、煙が清涼殿にも立ち込め、漂う熱気はもう夏の夜風ではなかった。

「何をなさっているのですか！　早くお逃げにならねば！」

行成は懐仁を叱咤《しった》し、歩かせようとする。その手を、強く振り払った。勢い余ってそのまま床に倒れ込んだ。懐仁は、体を起こすことなく、叫んだ。

「大極殿には行かぬ！」

「何を仰せに」

行成は目を剝いた。懐仁は、膝をついたまま、睨みつけるように顔を上げた。行成の姿が滲むのは、目に浮かぶ涙のせいなのか、炎の熱気に揺らいでいるのか。

「朕は……このまま消えてしまいたい」

「そのようなこと、おっしゃってはなりません」

「朕がいなくなったところで、誰が困る」

「………」

「道長も、皇太后も、公卿たちも……朕がいなくなったところで、新たな帝を立てるだけであろう。定子は解き放たれ、彰子はきっと新たな帝のもとに入内する。そうなれば、いや、そうなった方がずっと……」

いいではないか。

そう続けようとして、涙で声が詰まった。その背に、行成の掌《てのひら》が置かれた。

「あなた様が消えてしまったら、私が、悲しい。それだけでは、いけませんか」

「行成が、悲しい……」

行成は、頷いた。そうして、膝をついたままの懐仁を、抱き起こして言ってくれた。

「大極殿に行かぬのであれば、職御曹司に参りましょう」

第六章

二人の后

一

鼻の奥に、きな臭さがこびりつく。

頭痛の原因が、この臭いなのか、隣にいる道長なのか、行成は眉根を寄せた。

(いや、両方かな)

行成は、隣に立つ道長をちらりと見やる。不機嫌極まりない、と顔に書いてある。

目の前には、一面の焼け野原が広がっている。黒焦《くろこ》げとなった殿舎の残骸は、まだくすぶっているものもある。焦土は内裏の広大さを改めて実感させ、夏空を余計に鮮やかに見せた。

あの内裏炎上から数日、行成は道長と焼け跡の視察にきていた。

(腹ではなく、頭が痛いのは、今までにないことだ)

すると、道長が口を開いた。

「見事に焼け落ちたものよ。果たして再建に幾月かかることか」

「神器や文書類が焼けなかったのは、幸いにございました」

「主上が今内裏《いまだいり》に遷御されたこともな」

心の中でため息を漏らす。

あの夜、内裏の大半が焼失した。清涼殿も焼け落ち、急遽《きゅうきょ》、皇太后詮子の御座所であった一条院が仮御所とされた。その一条院は、便宜上「今内裏」と称されている。

状況が状況だけに、彰子の入内は延期となっていた。娘の入内が見通せなくなったことが、道長を不機嫌にさせているのはもっともなことだとは思う。しかし、わざわざ「今内裏に遷御」を幸いだと言うところが、嫌味だった。

大極殿に退避していた女御たちは、続々と今内裏に入っていた。そのどさくさに紛れて、帝は、職御曹司にいた定子の身も、移してしまったのだった。

一条院は、もとは、貴族の邸宅だ。部屋や門の名を「紫宸殿《ししんでん》」「清涼殿」「承明門《しょうめいもん》」などと仮称しているが、造りはいたって普通の邸であり、行成の三条の邸が内裏となったのとさして変わらない。

定子の御座所を「清涼殿」の北側に位置する「北二対《きたのにのたい》」としたのは、貴族の邸において主殿《しゅでん》の北対《きたのたい》に正妻の居室を置くのを意識してのことは、誰が見ても明らかだ。それは、この今内裏に彰子が入内しようとも、正妻の居室には入れないという、帝の意思表明に他ならなかった。

「中宮様のお体の大事をお考えのことと存じます」

行成は丁重に帝の行動を弁解した。身重である定子と胎児への影響を案じて、焼け跡から離れた今内裏にやむを得ず迎え入れたのだ、と言う行成に、道長は冷たく言った。

「行成殿は、横川《よかわ》の皮仙《かわひじり》、という言葉を、近頃よく耳にせぬか」

行成は、ぐっとこらえた。

世の人々が、中宮定子を揶揄《やゆ》して「横川の皮仙」と言っているのは、行成の耳にも入っている。鹿皮《しかがわ》の衣で説法をする僧のことだ。僧侶が獣の皮を衣としている異様さを、尼の身で帝の子を身籠もった定子になぞらえているのだ。失礼極まりない悪口《あっこう》ではあるが、尼姿の女人のお腹が膨れていく様は、確かに、異様だった。

そんな定子が「正妻」として今内裏に居室を与えられたことに、道長だけでなく多くの者が厳しい目を向けていた。

「都合のいい内裏炎上よ。それほどまでに彰子を入内させたくないのであろうか」

「恐れ入りますが、お言葉が過ぎるかと」

さすがの行成も、苦言を呈した。火事までもが定子の因縁とするのは、言いがかりに過ぎる。だが、道長は動じない。むしろ、ますます憂《うれ》えるように言った。

「主上を想っているからこそ、厳しいことを言うのだ。いずれ、皮仙の言葉が向けられるのが、主上になることだけは避けねばならぬ。それが、主上に仕える者が最も注力するべきことではないのか、蔵人頭よ」

道長の指摘に、行成は窮した。

道長は、行成の答えを待たず、焼け野を歩き出した。行こう、という意味だろう。この後、今内裏に参上して、帝に焼け跡の報告をせねばならない。行成は黙ってその後に従った。

従者が馬の轡《くつわ》を持っている姿が見える手前で、道長が、不意に立ち止まった。

「私とそなたは、似ているとは思わぬか」

「似ている？」

与えられるがまま、二物も三物も得ている存在は、何かの拍子に、その二物も三物も失ってしまえばいい。その羨望《せんぼう》を持ったことがある、ということを言いたいのか。

そうだとしたら、それは違う、と言い返そうとした。今はもう、二物も三物も、与えられるのは、己には似合わないとわかっている。

そう行成が口を開きかけた時、それを遮るように道長は言った。

「ともに、主上を想っているということが、似ているではないか」

「主上を、想っている？」

道長が？　と言いそうになった。

それが顔に出たのか、道長は小さく笑って言った。

「私は、主上が立派な帝であってほしいと。そなたは、主上が一人の青年であってほしいと。どちらも、主上のためを想っている」

「同じ人を想っていても、見ている方向がまるで違います」

「それのどちらが正しいのか」

「どちらが、正しい……」

「その答えが出る日は、いつであろうな」

悠然と歩き出す道長の背に、言い返す言葉が見つからない。下手に言葉をぶつけたところで、この人には敵わない。悔しいけれど、それが、己の実力なのだと、道長の背を見ながら思い知らされるる心地がした。

行成と道長は、今内裏の清涼殿に入った。

清涼殿と呼んでいるが、いたって普通の寝殿だ。昼御座も、行成が自邸でくつろぐ御座とさして変わらない。

その昼御座に帝の姿は見えなかった。控えている蔵人に問うと、蔵人は「北二対におられます」と答える。定子の御座所にいるのだ。

渡殿から北二対に向かうと、笑い声が響いていた。とても内裏を焼け出された帝の御所とは思えない雰囲気に、行成はやや気まずく道長を見やる。道長は、表情一つ変えることがなかった。

「蔵人頭、行成にございます」

御簾の前に跪いて参上を告げると、帝の「入るがよい」という明るい声がした。

一礼して部屋の中へ進み入る。すると、そこには白猫を愛でる帝と定子と脩子の姿があった。

帝と定子は、道長も部屋に入ってきたことに気づくと、やや気まずそうに笑んだ。

「道長も参ったのか」

「はい。蔵人頭とともに内裏の焼け跡を視察して参りましたので、そのご報告に」

道長の冷ややかな声に、場がしんとなる。

そこに、脩子の可愛らしい声が響いた。

「ねえ、行成。命婦《みようぶ》のおとどなの」

数えで四歳になる脩子は、無邪気に行成を手招く。職御曹司の頃からよく出入りしている行成に、脩子はすっかり懐いている。

「命婦のおとど、にございますか？」

行成は、聞き慣れぬ名を問い返した。すると、定子が微笑んでそれに補足した。

「庭に迷い込んだこの猫を、そう呼んでいるのです。主上は、五位をお与えになると言って」

「昇殿して、朕と対面するには、五位の官位は必要であろう」

帝も冗談めかして言った。

「それで、命婦のおとど、にございますか」

そう答えつつも、正直、笑えなかった。猫に、五位。戯れとはいえ、猫に官位とは……。

（私は、従四位上）

猫に足元を脅《おびや》かされそうだ。

横川の皮仙。

道長の言動が脳裏をかすめた。

傍《はた》から見れば、仲睦まじい親子三人だ。親子三人、猫を愛でる。そのことを咎める必要はない。

帝と中宮という立場でさえなければ。

行成は、気を引き締め直して言った。

「内裏の再建にございますが、棟上《むねあ》げの日取りの吉兆を、陰陽寮《おんようりょう》で調べさせているところにございます」

「そうか、まかせる」

帝の適当な返答に、隣にいる道長がどう反応するかと、ひやひやしてしまう。

すると、道長が、さらりと言った。

「主上、内裏の再建を待たず、この今内裏に、彰子を入内させたいと思いますが、いかがにございましょう」

「それは……」

表情をこわばらせた帝に、道長は構わず言った。

「〈そうか、まかせる〉と、軽々とおっしゃってくださらぬのですか」

行成は、道長に「中宮様の御前にございますぞ」と囁いた。幼い脩子もいる。さすがに、もう少し遠慮すべきだろう。

すると道長は、さも、定子がいることに、初めて気づいたような口調で言った。

「これは、定子様。尼御前のお姿もたいそうお美しく」

定子の笑顔が、固まった。

行成は道長の袖を引く。腹が痛くなりそうだ。

「道長、何が言いたいのだ！」

帝の厳しい声に、周りは驚いた。いつにない強い口調に、定子も戸惑うように帝を見た。だが、道長は少しも動じない。

「では、はっきりと言わせていただきます。この期に、定子様を今内裏にお入れしたことを、快く思わぬ者は、私だけではありませんぞ」

「それは……」

「この内裏炎上、則天武后《そくてんぶこう》を引き合いに出す者もおることをご存じで？」

帝はぐっと押し黙った。

それが唐の故事であることは、この場にいる者にはすぐにわかった。尼になっていた則天武后が、時の皇帝に見初《みそ》められて入内をし、その後、国が乱れたという故事だった。

「今後は、今内裏において、あまり楽しい声を上げすぎませぬよう、ご自重《じちょう》なさいませ」

帝は「わかっておる」と唸るように言った。

気まずい沈黙が漂う中、定子が静かに口を開いた。

「道長よ」

道長は「はい」と定子を見やる。定子はかすかに震える声で言った。

「あと数か月ばかりで、私は産み月となる。だからどうか、今だけは、この時を許してほしい」

定子は間もなく出産のために今内裏を去る。出産は命懸けの大事。命を落とせば、帝と脩子と親子三人で過ごす時は、今が最後となる。そう言いたいのだ。

大人たちの張り詰めた雰囲気に、脩子が不安そうに定子の袖にしがみつく。猫の命婦のおとどの鳴き声だけが暢気《のんき》なものだった。

道長は、うやうやしく言った。

「脩子内親王様のようなお美しい子がお生まれになることを、心よりお祈りしております」

遠回しに、男子ではなく女子が生まれるように、と言っているのだと、察せぬ者はいなかった。

二

夏の日は長い。とはいえ、八月の都大路には夕闇が漂っている刻だ。

その夕闇の中、行成は、目の前の板葺きの門に啞然としていた。

(ここが、中宮様の産所《さんじょ》となるのか?)

そこは三条の邸からもほど近い、中宮職の下級官人、平《たいらの》生昌《なりまさ》の邸だった。

中宮定子の里下がりと聞いて、道には見物の都人《みやこびと》が集まっている。それら群衆を制する警護の者すらいない。人の群れを掻き分けるように、中宮定子を乗せた輿がゆっくりと進んでいく。中宮ともあろう高貴な女人を、貧相な板葺きの門、板門屋《いたもんや》で迎え入れるなど、無礼というより、侮辱に近い。本来ならば、格式のある四足門《よつあしもん》に一時的にも作り替えるのが礼儀だった。

(これも、道長殿の嫌がらせなのだろうか)

そもそも、日中の明るいうちにこの遷御は完了しているはずだった。それなのに、このような夕刻になってしまったのも、道長の妨害に遭ったからなのだ。

遷御の刻になっても、供奉すべき公卿が、誰一人参じなかった。道長が公卿たちを宇治《うじ》の別荘へ遊覧に誘ったのだという。

中宮定子が出産に向けて内裏を下がる日程は、五日以上前から決まっていた。それなのに、あえてこの日に宇治遊覧を催して公卿たちを連れ出すやり方は、あからさまだった。

とはいえ、道長に追従《ついじゅう》して宇治遊覧に同行したのは、わずか二名ばかり。その他の公卿たちは、皆、病悩や物忌と、障りを申し出て邸に引き籠もっていた。

不遇な定子への思いやりというよりは、もし、定子が男子を出産したら、そして東宮母《とうぐうぼ》にでもなったら、ここで道長に取り入るばかりが良いとは限らぬ、と先を見越した保身といったところだろう。

結局、供奉する公卿を探して奔走したのは行成で、その苦労は、伊周が失脚した時とまるで同じだった。

行成が方々に掛け合い、なんとか体裁を整えたものの、辿り着いた先の平生昌邸が、この貧相な板門屋である。道長の息がかかった生昌が、あえて門を作り替えなかったのだろうか。

「中宮様の輿が、板門屋を潜るなんて」と、憐れみとも嘲笑ともつかぬ群衆の囁きと視線の中、定子を乗せた輿は粛々と平生昌邸に入っていった。


「行成、苦労をかけたな」

生昌邸の御座所に落ち着いた定子は、低頭する行成をねぎらった。だが、その表情は硬い。

「遷御がこのような日暮れとなってしまい、中宮様におかれましてもお疲れのことと存じます」

「夕闇に紛れて、かえってよかったではないか」

中宮の輿が板門屋を潜るという無様な光景を、陽の光に晒さずに済んだという意味だろう。

産み月まで、あと三か月。里下がりは、内裏での産穢《さんえ》を避けるという目的ではあるものの、母体にとって、慣れ親しんだ生家で、お産までの日々を心穏やかに過ごす時でもあった。それなのに、定子を迎え入れる平生昌邸は、このありさまだ。

生家が焼失し、親族もことごとく失脚している定子に帰るべき場所はない。やむを得ず、中宮職の官人の邸が「三条宮《さんじょうのみや》」として、選ばれたのだった。

「内裏に戻りまして、ご無事の遷御を主上にお伝えしてまいります」

行成がそう言うと、定子は「無事、と言えるかどうか」と返す。

行成が窮していると、定子は言った。

「だが、これでよいのだ」

「これで、よい？」

「人は一つ我意を叶えれば、一つ何かを失う。戻れないことを、受け入れねばならぬ。そうであろう」

以前、行成自身が発した言葉を、定子は言ってから続けた。

「私は、こんな世を捨ててしまいたかった。今も、髪を断ったことに後悔はない。ゆえに、還俗はせぬという我意を叶えた以上、中宮らしからぬ中宮に似つかわしい遷御と産屋《うぶや》だと思うのだ」

「中宮様……」

「たとえ、誰に何を言われようとも、私は、今の私のままで、主上の愛を受け入れた。それが、捨ててしまいたくなるくらい酷いこの世への、私なりの抵抗なのだ」

そのまなざしには、悲しみも後悔も、微塵もなかった。そのまなざしの中に光るのは、己に突きつけられるすべてを受け入れようとする、強さと覚悟だった。その輝きは、かつて、可憐な高慢さを見せていた悪戯っぽい目とは違う、美しい矜持があった。

そこへ、苛立たしげな衣擦れの音をさせて、清少納言が部屋に入ってきた。

「中宮様！」

清少納言は、ぼさぼさの髪を振り乱している。

女房たちは正門ではなく、北門から入っていたため、ここに至るまで清少納言の姿は見かけなかった。いったい何があったというのだろうか。

「聞いてください！ 私たち、車から降りずに邸へ入れるものだと思っていたから、身なりも何も気にせずにいたというのに。門が小さすぎて牛車は潜れない、門前で下車させられる。おまけに、みすぼらしい筵《むしろ》の上を歩かされて、足は取られるし、見物人に乱れた髪も見られる。さんざんにございました！ いったいなんなのでしょう、この生昌邸は！」

まくし立てるように言った清少納言に、定子も行成もあっけにとられた。

やがて、定子は、込み上げるように笑い始めた。その笑い声に、清少納言もつられたように笑い出す。

「本当に、清少納言は面白いこと。どこに行くにせよ、人の目があるのだから、髪くらいは梳いておけばよかったのに」

「でも！」

定子は膨らんだお腹に手を当てた。

「ほら、この子も〈そうだ、そうだ〉とお腹を蹴っているわ」

そのやり取りを聞きながら、行成も笑みをこぼしてしまった。

いったいなんなのでしょう、この生昌邸は！ と皆が口にできなかったことを、思いっきり清少納言の口から吐き出され、爽快なくらいだった。

行成はさりげなく清少納言を見やった。その視線に気づいたのか、清少納言も目で返す。

その目で、行成には、わかった。

（あのぼさぼさの髪は、この部屋に入る直前に、わざと掻き乱したのだな）

きっと、この邸に到着して、状況を察した清少納言は、定子のもとへ駆けつけたのだろう。

この清少納言を信じてきたからこそ、定子は、ここまで辿り着けたのだ。

三

その年の十一月、ついに左大臣道長の娘、彰子が入内した。

焼亡《しょうぼう》した内裏はまだ再建の途上で、彰子は今内裏の一角、東北対《ひがしきたのたい》に入った。

宵の火明かりの中、数多の女房を従えて、絢爛《けんらん》な唐衣裳姿で渡殿を歩んでいく彰子を、懐仁は離れた場所から隠れ見ていた。

十二歳の彰子は、体もまだ小さく、幾重もの襲に、まるで埋《うず》もれるような姿だった。不安げなまなざしでうつむいている。すべてに興味を示して輝くような定子とは、根本から違うような気がした。

その夜、懐仁は、彰子の東北対には渡御しなかった。

そのことを、翌朝、行成にさりげなく指摘された。

「彰子様は、たいそう心細い夜を過ごした様子にございました」

朝の陪膳をつとめた行成は、下膳《さげぜん》が済んでも退出せず、懐仁の傍らに座していた。

懐仁は小さく息をついて言った。

「今月は定子の産み月。とても、彰子の顔を見ようという気にはなれなかった」

正直な想いを告げた。定子がいつ産気づくかと、そればかりを気にしているというのに、彰子の相手をしろというのは無理な話だ。

「それに……渡御したところでな」

その後は、あえて言わなかった。行成なら何を言いたいのか察するはずだ。

二十歳の懐仁から見たら、彰子は幼女だ。

「わざわざ、この月に入内させるとは、道長らしいな。宇治遊覧といい、この入内の時期といい、どこまで定子を蔑ろにすれば気が済むのか」

「しかし、彰子様ご自身には、何の罪もございません。心細そうに主上の渡御を待ち続けるご様子は、見ているこちらの胸が痛みました」

「定子にも何も罪はない」

懐仁の切り返しに、行成は「ですが……」と眉根を寄せる。

「案ずるな。そのうち、渡御する。詩歌《しいか》管弦、物語、雛遊びの真似事でもしてやろう。十二歳の心ならばそれで十分に満たされよう」

行成は押し黙ったまま、それ以上は何も言わなかった。

「行成」

「は……」

「定子が男子を産んだら、次の東宮にしようと思う」

懐仁の実子は、脩子内親王以外にいない。男子がいない以上、定子が男子を産めば、その子を東宮とすることに誰も否とは言えない。そうなれば定子は、東宮母として、ゆくゆくは国母、皇太后となれる。

「しかし、女御の方々がこの先、懐妊されることもありましょう。もし、彰子様が男子をお産みになれば、道長殿が黙ってはおりますまい」

「その機会は、ない」

懐仁はきっぱりと言った。行成は戸惑うように見やる。

「朕が彰子に求めるは、子を儲《もう》けることではない。道長に諦めさせることだ」

「諦めさせる？」

「この先、彰子が懐妊するか否か、これればかりは、道長とて、手は出せぬ」

懐妊の機会を持たぬ、という意味を察した行成は、困惑した表情を浮かべた。

「ですが、それでは……」

行成は言葉を濁した後、やや厳しい口調で言った。

「彰子様とて、いつまでも十二歳の幼子ではありませぬ。いずれ、己の置かれた立場にお気づきになりましょう」

行成の言いたいことは、懐仁とてわかる。懐仁は黙してから言った。

「とにかく今は、定子が男子を産むことだけを、考えていたいのだ。たのむ、わかってくれ、行成」

それは、行成を説得するというより、弁解であり、逃避だった。

四

それから数日後のことだった。

行成は参内するなり、宿直の蔵人から定子の出産を聞いた。

「三条宮にて、中宮定子様、ご無事にご出産とのこと。主上が蔵人頭を、急ぎ召していらっしゃいます」

「わかった。すぐ参る」

男か女か、あえて聞かなかった。ここで問うたところで、という思いと、なぜ今日に限って、という焦りが、入り交じっていたのだ。

今日は、彰子の入内を祝う宴の日であり、今内裏には公卿たちが集まっている。その日に生まれた御子に、因縁を感じずにはいられない。

行成が清涼殿に入ると、帝は待ちかねていたように立ち上がった。

「行成！　男子が生まれた！　定子が、男子を産んだぞ！」

「おめでとうございます」

行成は低頭しつつ、この後の宴を想像すると腹が痛くなりそうだった。まさか宴にも渡御しないと言い出さぬか、気が気でなかった。

帝は行成の心中を察しているのかいないのか、朗々と言った。

「朕の心は晴れやかだ。ただちに産養《うぶやしない》の儀を整えよ」

「かしこまりました。……宴には」

慎重に意向を伺おうとすると、帝は、意外にもあっさりと言った。

「むろん、彰子のもとへは渡御する」

定子の無事と、男子の誕生に、すべての憂《うれ》いが消えたかのような口調だった。

行成は、予定通りの渡御に安堵すると同時に、この先、道長がどのような行動をとるのか、そして、何よりも彰子の心情が案じられてならなかった。

夕刻、帝は彰子のもとへ初めての渡御を果たした。

その顔が晴れ晴れとしているのは、彰子と対面したからではない。定子が男子を産んだからだと、誰が見てもわかる。

彰子の女御宣旨を祝う宴でもあり、彰子の居室には、道長はむろん、多くの公卿たちが集まっていた。公卿たちの耳にも、定子の出産の報は入っているのだろう。皆、表向きは彰子の入内と女御宣旨を祝いつつ、その表情には、この先、定子につくべきか、彰子につくべきか、という思惑が見え隠れしている。

もし、定子が東宮母となれば、兄の伊周が東宮の伯父《おじ》として復権するのは確実だ。そうなればこの先、子を産むかどうかもわからぬ彰子とその父、道長に愛想を言う必要は、もうない。

道長は、公卿たちの間に漂う思惑を、しっかり感じ取っているのだろう。不機嫌そうに押し黙っている。

行成は、そっと彰子の方を見やった。

彰子は几帳の影に隠れるようにしてうつむいている。

彰子とて、定子の出産を知らぬとは思えない。そしてその意味を察せられぬほど、幼い年齢ではない。ただでさえ、夫となる帝と初めて対面する緊張と不安に耐えているのであろうに、この場にいない定子という女人の存在感の大きさに、押し潰されそうになっている。

彰子付きの女房たちは、清少納言のように明るく振る舞って場を盛り上げるようなこともない。

(気の利かぬ女房だな)

きっと、清少納言ならば、機知にとんだ言葉を次々と発し、互いの顔色を見やっている公卿たちに、和歌や漢詩の話を振って、明るい宴に変えてしまうだろう。

祝宴のはずなのに、張りつめた雰囲気が漂い「早く終わってほしい」という思いが、皆の表情の端々に出ている。

その中で、帝は、屏風を眺めていた。屏風には、彰子の入内を祝して、公卿や歌人たちが詠んだ和歌を書いた色紙《しきし》が貼ってある。

「この和歌を書写したのは、行成か」

色紙の筆跡を見て、帝は言った。

ようやく宴に似合う話題を振られ、行成はやや安堵した思いで「さようにございます」と低頭した。

「彰子様の入内を祝い、道長殿のご提案で作った屏風にございます。皆が朗詠した和歌を、私が色紙に書かせていただきました」

「行成の字は、まこと美しいな」

そう言うと、帝は、すっと立ち上がった。

「主上?」

「今宵は、疲れた。清涼殿に帰る」

行成の書いた字だけを褒めて、そのまま退出するというのだ。彰子に対する言葉がけは、一つもなかった。その姿に、少なからず宴の場に動揺が広がる。

彰子は、檜扇で顔を覆い隠してしまった。ひょっとしたら、涙を隠したのかもしれなかった。

清涼殿に戻る渡殿で、いたたまれず、行成は言った。

「主上、あまりにございますぞ」

何が？ というように帝は振り返った。

「あれでは、あまりにも彰子様がお可哀想にございます。道長殿の娘とはいえ、心はございますぞ」

すると、帝はやや苛立たしげに言い返してきた。

「行成は、祝宴を飾る色紙を書き、彰子を庇《かば》うようなことを言う」

「ただ、私は、あれでは彰子様があまりにお可哀想だと。彰子様とて、主上の態度の意味がおわかりにならぬほど、幼くはございますまい」

行成の諫言《かんげん》に、帝は押し黙った。行成はやや声を落ち着けて、言い諭《さと》した。

「女御としてお迎えした以上、彰子様を大切になさいませ」

しかし、帝は、その言葉を振り切るように清涼殿に入ると、御簾を下ろしてしまった。

御前に伺候しようとする行成を、帝は一言で拒んだ。

「下がれ」

「主上……」

「行成には、わからないのだな」

御簾の向こうの寂しそうな声に、行成は胸を衝《つ》かれた。

「それは……」

「たった一人の妻を愛せる行成には、朕の苦しみは、永遠にわかるまい」

その言葉に、行成は何も答えられなかった。


その夜、行成は宿直せず、三条の邸に戻った。

なんだかすべてに疲れてしまって、奏子の顔が見たくなったのだ。

「早いお帰りにございましたね」

今宵は、彰子の入内を祝う宴と聞いていた奏子は、当然、そのまま内裏に宿直すると思っていたのだろう。消沈した様子で帰邸した行成に、何かあったのか、と案ずる表情で見ている。

行成は束帯を解いて直衣《のうし》姿になると、居室の脇息にもたれて、深いため息を漏らした。

「白湯《さゆ》でもどうぞ」

奏子が差し出した碗に「ああ」と行成は吐息交じりに返事をして、手を伸ばした。

奏子は、行成の隣に座したまま黙している。行成は、白湯を一口飲んでから言った。

「蔵人頭、辞めようと思う」

「やはり何かあったのですね」

「何かあった、というか、何もなかった、というか」

「何もなかった？」

「蔵人頭に任官されてから、私は何を成したのだろう」

帝のために、そのお心を汲み取れるのは己なのだと、信じて駆け抜けてきた。だが、どんなにその想いを汲み取ったところで、結局のところ、帝と臣下という立場は超えられない。

「主上の中宮様への愛はわかる。だが、わかっていても、お諌《いさ》めせずにはいられなかった」

「お諌め？」

「このまま主上が中宮様を想えば想うほど、中宮様は苦しい立場となられ、彰子様は哀しい女御になってしまう」

「つまり、主上の想いも、中宮様の苦しみも、彰子様の哀しみも、行成様は、見て見ぬふりができず、主上をお諌めしてしまったと」

「うむ……。今のままでは、ならぬのだ」

まるで靄《もや》の中にいるような心地だった。先の見えない中、今のままではいけないということだけがわかっている。

すると、奏子がぽつりと言った。

「行成様は、変わられましたね」

その言葉に、行成はどきりとした。

音羽丸が死んだ時にも同じようなことを言われた。音羽丸が死んだ時からずっと、奏子の心は離れたままなのだろうか。

（いや、そうだとしてもおかしくはない。そのくらい、私は酷いことをしたのだ）

参内に次ぐ参内、激務の中に官吏として働く楽しさを覚えて、この数年間、どれほど奏子を放っておいたことか。我が子の死さえ、参内への影響を考えてしまったのだ。

行成は、奏子の表情を窺い見た。

あの時は、奏子の頬を憤りの涙が濡らしていた。だが、今、目の前の奏子は、優しい微笑みを浮かべていた。

「蔵人頭に任官された頃は弱気なことばかりで、つつがなく暮らせたらそれでいい、などとおっしゃっていらしたのに。今では、主上をお諌めするほどになったのですね」

「それは……」

言われて、初めて気づいた。

奏子は、頷き返して言った。

「いつの間にか、ご立派な『蔵人頭、藤原行成』になられたのですね」

奏子は、微笑みはそのままに、小さく息をついた。

「かつてのように行成様とつつがなく暮らせたら。蔵人頭に任官されてからの行成様を見ながら、私は、そう思っていました。けれど、もう、そんなことは思いますまい」

「それは……音羽丸を失ったからか」

奏子の言葉の中にある想いを確かめるように、行成は問うた。

「奏子は、私のことを許してはいないのか」

問いかけながら、その答えを聞くのが怖くて、語尾が震えてしまった。

奏子は、少しばかり黙した後、「いいえ」と首を振った。

「あの日のことは、もう何も言いません。行成様に言うべきことは、あの日に言いましたから。それに行成様は、私がぶつけた言葉を忘れてしまうような人ではないと、信じていますから」

そう言うと、奏子は改めて行成に向き合った。

「私の幸せは、あなた様がこうして、私一人を妻としてくださっていること。けれど、定子様も彰子様も、この幸せは永遠に手に入れることができない。その哀しみや苦しみを、きちんと主上にお諫めできる行成様ならば、定子様と彰子様と……そう、二人の后と帝の間を繋ぐことができる、蔵人頭だと思うのです」

「二人の后……?」

行成はその言葉を、訊き返した。奏子は「ああ、違いますね」と苦笑いする。

「后は、中宮様のことですものね」

幾人の女御を入内させようと、后と名乗れるのは、皇后たる中宮のみだ。

だが、行成は「いや、そうではなくて」と小さく首を振ってから、ぽつりと言った。

「一帝二后《いっていにこう》、か」

聞き慣れぬ言葉に、奏子は首を傾げる。行成は、摑むように奏子の肩に手を置いた。

「ずっと、考えていたのだ。定子様を廃后とせずに済む方法を。……一人の帝に二人の后を立てる。それだ、それしかない！」

「中宮が二人なんて、聞いたことがありません」

奏子は困惑したように、目を瞬く。行成は、力強く頷いた。

「だから、定子様には、皇后になっていただく」

「皇后？」

「中宮の別称だ」

「彰子様を中宮に、定子様を皇后に。でも、中宮と皇后は同じ意味……さすがに、こじつけが過ぎるかと」

首を振る奏子に、行成は笑んで言った。

「蔵人頭と書いて、苦労人頭と読む。一帝二后を奏上して、また思う存分、苦労するさ」

その言葉に、奏子は「懐かしいことを」と微笑を見せて、ぽつりと言った。

「私も、漢字が読めたらよかった」

その言葉に、行成は奏子を窺った。いつかも、同じようなことを言っていた気がする。

すると、奏子は、すました顔で言った。

「そう思ったのは、あなた様に出会った日からずっと、ですよ」

　奏子は、唇を動かした。

「こうぜい」

　その響きに、行成はどきりとした。

　花びらが舞う、あの日に出会った、少女の定子を思い出したのだ。だが、奏子にその思い出を語ったことはなかったはずだ。

　奏子は、行成の眉間にそっと指を当てて言った。

「この困ったお顔が、好きでした。桜の木の下で、定子様に翻弄《ほんろう》されているあなた様を見た時からずっと、私は、定子様に嫉妬していましたよ」

「……どういうことだ」

「私と定子様は、同い年なのをお忘れかしら？」

　言われてみれば、奏子と定子の生まれ年は同じだ。今まで意識したこともなかった。それと奏子が言いたいことがどう繋がるのか、まったく摑めない。

「あの日、私も、内裏にいたのです」

「え？」

「東宮様のお妃に選ばれるために。東宮様に釣り合う年頃の姫たちが、春の宴と称して集められたのですよ。もちろん、最初から、道隆様の姫君の定子様と決まっていたのですけれど。皇后様としては、源氏の血筋の姫も、一応、見ておきたかったのでしょう」

まったくの初耳の話だった。行成は驚くばかりで、ただ聞き入った。

「それで、宴が終わって退出する途上、あなた様と定子様が、桜の木の下で字を書いているのを見てしまった。行成様の字を、定子様が褒めたら、あなた様は眉根を寄せて、困惑なさっていた。その姿を見たら、ああ、私も漢字が読めたらよかったのに、と思ってしまった」

「どうして、私が困っているのを見て、そう思ったのだ」

「困っているということは、相手のことを理解しようとなさっているからでしょう？　その優しいお顔を、私にも向けてほしかった」

「そ、そんなことを言われたら、これからどんな顔をして奏子を見たらいいのかわからなくなりそうだ」

すると、奏子は笑った。

「どんなお顔でもいいですから、私を見ていてくだされば、それでいいのです」

その笑顔に、行成の胸が鳴った。十八歳の時に夫婦になってからもう十年が経つというのに、こんなことを想うのはおかしいけれど、この胸に込み上げてくる感情が、恋、というものかと、初めて知る思いがした。

（歌心があれば、ここで美しい歌を詠むのだろうけれど）

こんな時、心に浮かんだままを呟くことしかできないからこそ、言える言葉があった。

「私は、奏子に逢えたことが、嬉しい」

その言葉に、奏子はしっかりと頷き返してくれた。

そうして、行成の背を優しく押してくれた。

「蔵人頭、これからも存分に、ご苦労なさいませ」

五

その翌日、行成は、辰の刻に清涼殿に入った。

仮御所である今内裏の清涼殿は南面のため、晩秋の辰の刻には、あまり陽光は射し込まない。それでも、行成の目には、初めて文書を奏上した日と同じ、朝の陽光が見えるような気がした。

蔵人頭となって五年、とても一言では言い尽くせぬほどのことがあったというのに、こうして振り返ってみれば、瞬く間のように思える。

行成は、深く息を吸った。

(辰の刻、竜顔を仰いだあの日、私は、出会ったのだ)

この陽光の中にいる、帝という名の、独りぼっちの少年に。

そうして、蔵人頭として、彼のために何を成しただろう。いや、何も成していないのかもしれぬ。そもそも、何かを成そうなどという考えが、大それたことなのかもしれない。それでも、実直に向き合ってきた。

それが、不器用な行成にできる、唯一のことなのだ。そうだとしたら、帝には帝にできる、唯一のことを成してもらわねばならぬ。

その確かな思いを胸に、昼御座の前に参上した。

行成の姿に、帝は、やや気まずそうに微笑した。

「行成か。……彰子のこと、すまぬな」

諫言した行成を、追い払うように下がらせたことを言っているのだろう。行成は「いえ」と短く答えると、改めて帝を仰ぎ見た。

「そのことにつきまして、どうしても、主上に奏上したきことがございます」

帝は無言で、続きを促した。行成は、一つ呼吸を置いて、言いきった。

「どうか、彰子様を、中宮となさいませ」

そのまま深く低頭する。その行成の背中に、帝は何も答えない。

長い沈黙は、迷いなのか、失望なのか、怒りなのか、哀しみなのか、それらすべてなのか。答えのない沈黙に耐える中、ようやく、帝がぽつりと言った。

「行成だけは、そう言わぬと信じていたのに」

「……」

「道長に、言われて参ったのか」

「いえ、それは違います」

「ならば、皇太后か」

「いいえ」

「ではなぜそのようなことを言う」

行成が言葉を継ごうとするのを、帝は遮って言いつのった。

「定子は、男子を産んだのだぞ。朕の世継ぎとなる親王の母となったのだぞ。親王を次の東宮とする、そうすれば定子は東宮母となる、伊周は東宮の伯父として昇殿する、再び、皆で、登花殿で笑いたい。それの何がいけないのだ！」

定子を失いたくない。

それを叶えるために、ここまでやってきたことが、間違っているとは思わない。それでも、その願いがもたらしたものは何だったのか。それを、行成は、はっきりと言いきった。

「誰もが、傷ついているのです」

「何を……」

「定子様が主上の想いによって中宮であり続けることで、誰もが傷ついている。主上に顧《かえり》みられぬ彰子様も、尼のまま中宮であり続けねばならぬ定子様も、誰もが認めぬ中宮から生まれてしまった御子様たちも、そして、主上ご自身も。このままでは、誰も救われませぬ」

「……」

「定子様に還俗の意思はありません。それは、捨ててしまいたくなるくらい酷いこの世への抵抗なのです。そのお気持ちを、どうか受けとめて差し上げてください」

帝は、頤《おとがい》を震わせて、込み上げてくる言葉を言おうとしては、躊躇うように唇を引き結ぶ。

そうして、ようやく口を開いた。

「定子がこの世を捨てるというのなら、朕もこの世を捨ててしまいたい」

行成は、首を横に振った。

「あなた様は、帝なのです。たった一人を愛するために、世を放棄することは許されませぬ」

「わかっておる！」

帝は叫ぶようにそう言うと、固く目を閉じ、声を落とした。

「そんなことは、わかっておる……わかっているのに……どうすればいいのかが、わからない」

答えを、いや、救いを求めるその言葉は、泣きそうに震えていた。行成は、その想いをしかと受けとめて言った。

「彰子様を中宮となさるのです。それが、この世を捨てた定子様に、あなた様が与えうる唯一の愛と存じます」

「帝だからか」

震える声に、行成は毅然と答えた。

「帝だからこそ、にございます。ゆえに私は、一帝二后を支えていく覚悟を決めました」

「一帝二后?」

その言葉に、帝は、固く閉じていた目を開けた。

「彰子様を中宮となさり、定子様を皇后となさいませ。さすれば、定子様は廃后とはなりませぬ」

帝は、何を言っているのだ、というように頰を引き攣らせて言った。

「中宮と皇后は」

「同じです。ですが、定子様も彰子様も、あなた様の想いも、すべてを救うには、もう、これしかないのです。誰が何を言おうと、私は、蔵人頭として一帝二后を支えていく覚悟にございます」

「行成……」

行成は、改めて帝に平伏すると、言った。

「どうか、ご決断を」

第七章

深雪

一

陽光の中に、花びらがどこからともなく舞っている。

今内裏に、懐仁の吹く横笛の音色が響いていた。

その音色に、定子が微笑んでいる。

長保《ちょうほう》二年の春、桜が咲くのに合わせたように、定子は今内裏に還御していた。その腕の中には、生まれて三月《みつき》が経った赤子が、すやすやと寝入っている。昨年の十一月に、三条宮、つまり平生昌邸で無事に生まれた男子は、敦康《あつやす》と名付けられ、お食《く》い初《ぞ》めである百日《ももか》の儀を行うために、定子とともに今内裏に入ったのだ。

一方で彰子は、生家に里下がりをしていた。表向きは、入内後の慣れぬ日々を過ごす彰子を、父母のもとで休ませてやろうという配慮だったが、実際のところは、定子の還御に合わせた退出だった。

定子の御座所である北二対の簀子縁には、定子に仕える女房たちが、色とりどりの襲も鮮やかに居並んで、笛の音に聞き入っている。

定子の傍らには、清少納言が控えていて、懐仁のそばには、行成が座している。信頼する者たちだけが、懐仁と定子の周りを囲んでいた。

脩子は、弟を抱く母に甘えたいのだろう。定子の膝に頭を乗せて、父、懐仁が吹く笛の音に、耳を傾けている。

笛を奏でながら脩子の姿に目を微笑ませ、定子を見やれば、穏やかに微笑み返してくれる。幸せだった。

妻と子に向けて、笛を奏でている。そして、このささやかなひとときを、行成が見守っていてくれる。

この時が、永遠に続いてほしかった。

(あの日も、花が舞っていた)

懐仁は、そっと目を閉じた。その瞼の裏に、あの日の花びらが閃《ひらめ》くような気がした。

懐仁がまだ東宮だった頃。東宮妃となる姫を選ぶため、内裏の凝華舎に公卿の姫君たちが集められた日も、こんな季節だった。

琵琶を抱えて凝華舎に入ってきた定子が、まるで、薄紅色の花びらが舞い込んできたように見えた。

(ずっと、恋焦《こいこ》がれてきたのだよ)

摑もうとしても摑めない。求めれば求めるほどに、ひらりと離れてしまう。風に舞う花びらのような定子が、欲しかった。

懐仁は、瞼を開くと、思いきったように笛の音の調子を変えた。

明るく、少しおどけたような音色に、定子の表情が変わる。清少納言も「あら」と少し驚いた表情を浮かべ、行成も懐仁を見やった。

定子の膝に頭を乗せていた脩子は、その楽しい音色に、幼子の心をくすぐられたように体をもたげた。

「高砂……」

定子の呟きに、懐仁は笛を奏でながら目で頷き返す。

〈私、高砂が好きです〉

あの日、無邪気にそう言った定子に、母の詮子は険しい顔をした。定子の父の道隆は高らかに笑っていたが、周りの姫君たちは、詮子の顔色を窺い、誰一人笑わなかった。

あの時、高砂なんて、とても奏でられなかった。定子が好きだという歌をあの場で奏でて、これ以上、あの宴にいた者たちを困らせてはいけない。そう思った。

それは、何もあの時に限ったことではない。今までもずっとそうだった。いつも、母がどう思うか、周りはどんな顔をするのか、そんなふうに、誰か、のことばかり考えて生きてきた。己が、何をしたいのか。そんなことを考えたらいけないと思っていた。

だけど、今は、違う。

〈私はあなた様の涙に気づけない〉

そう言ってくれた、行成がいる。

高砂を奏でながら、懐仁は行成を見やった。行成も目で返してくれた。その目は、どうぞ思うままに奏で続けてください、と言ってくれていた。

定子が凋落していく中、行成だけは、懐仁の想いを知ろうとしてくれた。その行成に、懐仁はたった一つの願いを託した。

〈定子を失いたくない〉

それを行成は、ちゃんと受けとめてくれた。叶えられるかどうかはわからなくても、諦めることだけはしなかった。

今なら、あの日、奏でられなかった歌を、想いを込めて奏でることができる。

高砂の　さいささごの　高砂の
尾上《をのへ》に立てる　白玉　玉椿　玉柳
それもがと　さむ　汝《まし》もがと　汝もがと
練《ねり》緒《を》染《さみ》緒《を》の　御《み》衣《ぞ》架《かけ》にせむ　玉柳
何《なに》しかも　さ　何しかも　何しかも

心もまたいけむ　百合花《ゆりばな》の　さ　百合花の
今朝《けさ》咲いたる　初花《はつはな》に　あはましものを　さ　百合花の

白玉、玉椿、玉柳……この世のどんなに美しいものよりも、定子が、眩しくて、愛らしくて、欲しかった。たった一人を、抱きしめていたかった。それなのに、なぜ、どうして、それだけのことが叶えられないのだろう。

それは、己が帝だから。

帝でもない、后でもない、咲いたばかりの花のように、柵《しがらみ》も何もない場所で、出逢いたかった。

けっして叶わぬ夢だと、わかっている。けれど、それでも……。

(そなたを、愛している)

高砂を奏で終えると、ゆっくりと唇から笛を離した。

そうして、静かに言った。

「彰子を、中宮にする」

その言葉に、定子は頷いた。

「ご聡明と存じます」

その頬に、一筋の涙が伝った。涙の雫がこぼれ落ちて、腕の中で眠る赤子の頬を濡らす。あたたかな母の涙に、赤子はほんの少し瞼を開けただけで、幸せな眠りへ戻っていく。

この涙は、中宮の座を降りることへの哀しみなのか、それとも、解き放たれることへの安堵なのか。定子は何も語ろうとはしなかった。こぼれ落ちる涙をそのままにしていた。

懐仁は笛を懐にしまうと、定子の濡れた頬に手を添えた。

「彰子を大切にせねばならぬ。そう、行成に諫められた」

「行成に？」

定子が少し驚いた。傍らにいた清少納言は「なんてことを」と言わんばかりに行成を睨み、行成は眉根を寄せる。

懐仁は、頷き返す。

「朕の選んだ蔵人頭は、優しくて、頼りない」

「……そう、ですね」

「優しくて頼りないがゆえに、人の哀しみを見て見ぬふりもできぬのだ。定子の哀しみも、彰子の哀しみも、朕の哀しみも。そんな蔵人頭が、一帝二后を支えていく覚悟を決めたのだ」

「一帝二后？」

「朕は、彰子を中宮とし、定子を皇后とする」

「それは……」

無理だ、と言いそうな定子に、懐仁は言った。

「その無理を支えていく覚悟を、行成はしてくれた。だから、そなたにも、覚悟を決めてほしい。中宮と並び立つ皇后となることを」

懐仁がそう言いきると、行成が目を潤ませて、深々と定子に向かって平伏した。行成に合わせるように、清少納言も真っ直ぐに定子を見つめてから、平伏した。

定子は、行成と清少納言の背中を困惑したように見やり、小さく首を振った。

「ですが、それでは、彰子様があまりにも……」

中宮らしからぬ中宮としてあり続けた定子には、皇后ではない中宮となる彰子が、これから背負っていく苦しみや哀しみがわかるのだろう。

「ゆえに、朕は彰子を生涯、大切にしようと思う。だが、愛することはないだろう」

懐仁の言わんとすることを摑みかねるように、定子は懐仁を見た。尼削ぎの黒髪が、鈍色の袿にさらりと揺れた。懐仁は、その黒髪に指を優しく絡ませて言った。

「朕は、その愛されることのない彰子の哀しみを、愛していたいと思うのだ」

定子は、指を絡める懐仁の手に、その手を重ねて押し黙った。懐仁は、答えを沈黙の中に待ち続けた。

やがて、定子は、懐仁を見つめて言った。

「彰子様の哀しみを愛し続けるあなた様を、私は、永遠に愛していたいと思います」

懐仁は定子を抱きしめると、その黒髪に頰を寄せて目を閉じた。

二

その年の秋、焼亡した内裏の再建が成った。

帝が新造内裏に還御した翌日、行成は、さっそく清涼殿に伺候していた。

「飛香舎《ぎょうしゃ》にて、中宮彰子様が、お待ちにございます」

行成の奏上に、帝は静かな微笑を浮かべて御座から立ち上がった。

立后の儀を果たして中宮となった彰子の御座所で、内裏新造の祝宴が催されるのだ。

行成は、帝に随従して渡殿を歩いて行く。

「飛香舎は、近くてよいな。これならば、彰子も寂しくなかろう」

帝の言葉に、行成は「仰せの通りかと」と返す。

帝は、中宮となった彰子に、清涼殿から最も近き飛香舎を与えた。それは、まだ十三歳に過ぎぬ少女への帝なりの配慮であり、二十一歳の夫として示しうる誠意だった。

彰子が中宮として立后した日、定子は皇后となった。

しかし、この新造内裏に、皇后定子の御座所はない。定子は、あの今内裏で過ごした春の日に、三人目の子を宿したのだ。身重の女人は、内裏には入れない。再び、三条宮、平生昌邸へと里下がりをするしかなかった。

皇后定子不在の後宮は、今、夕闇に沈んでいる。

その薄暗い渡殿の先に、飛香舎の明かりが見えた。

中宮彰子のもとには、今宵の宴に合わせて、左大臣道長をはじめ、多くの公卿が集っているはずだ。だが、飛香舎は、明かりが煌々と灯っているのに、静まり返っている。皆が、整然と座して帝の渡御を待っているのだ。

(登花殿とは、まるで違うな)

行成はその静寂の中に、かつて、粥杖を持った女房たちの笑い声が響いていた登花殿を思い出していた。

秋風が、吹き抜けた。

その涼やかな風に、庭の藤の枝葉が揺れた。静寂の中、帝の渡御を告げる蔵人の声が響く。

渡御の声に合わせて、彰子に仕える女房たちが平伏していく。襲の色目が次々と平伏していく様は、色彩の波のようなのに、行成の目には、鮮やかに見えない。登花殿で見た、清少納言たちの笑顔がここにはない寂しさだけが、募っていく。

多くの女房と公卿が居並ぶ先に、左大臣道長が会心の笑みで帝を待っていた。

「お待ち申し上げておりました、主上」

ひれ伏す者たちを見渡して、道長は朗々と言った。

「今宵は、中宮彰子様とともに、新たな内裏の始まりを祝いましょうぞ」

中宮の父として、あとは男子の誕生を待つばかり。皇后という名ばかりの地位で、下級官人の邸に里下がりしている定子など、存在しないも同じ。そう、道長の表情にはありありと浮かんでいる。

自信に満ちた道長の笑みに、帝は何も答えることなく、彰子の隣に座した。

彰子は、帝の渡御に、恐れ入ったまま顔を上げない。ひれ伏す淡紫色の小袿の袖から覗く指先が震えている。

帝は、その淡紫色の小さな背に、そっと手を置いた。

「顔をお上げ、彰子」

帝の優しい声に、彰子は顔を上げた。かすかに潤んだ目には、中宮という立場に潰されそうな少女の不安がはっきりと出ている。今にも泣き出しそうな幼顔に、帝は微笑みかける。

彰子はどうすればいいのかわからぬ様子で、何かを言おうとしては、躊躇うように口を結ぶ。

彰子の言葉を掬《すく》い上げるように、帝は言った。

「朕は、笛を奏でよう。そなたも、何か一緒に奏でてくれるか」

彰子は、消え入りそうなくらい小さな声で、それでも、ようやく口元をほころばせて言った。

「私は……箏《そう》の琴《こと》を」

帝と彰子の笛と箏の合奏に、公卿たちが賞賛の声を上げ、飛香舎に宴らしい明るさが広がった。

そうして、御膳や酒に、宴もたけなわになっていく頃、行成の傍らにさりげなく道長が座した。

「行成殿、深く感謝いたす」

なんのことでしょうか、と行成が目で窺うと、道長は笑う。

「一帝二后、行成殿でなければ成し遂げられぬ働きであろう」

「それは……」

道長のために一帝二后を奏上したわけではない。と続けようとした行成を、道長は遮った。

「皇太后詮子様も、満足していらっしゃる」

行成は、誰かに聞かれているのでは、と周りを見る。皆、楽しく酔い謡《うた》い、誰も行成の方を見ていない。帝も、中宮彰子に仕える女房を呼び寄せて、穏やかに話し込んでいる。

道長は、おもむろに立ち上がった。

「少し酔いが回った。夜風に当たろうか」

この先は、人のいない簀子縁で話そう、という意を察して、行成は黙って後に従った。

簀子縁に出ると、もう空はすっかり日暮れて、星々が輝いていた。

白銀《しろがね》の星明かりを見上げて、道長は言った。

「次の除目で、行成殿を参議に推《お》してやろう」

参議、という言葉に胸が鳴った。

参議になるということは、ついに、公卿になるということだ。

だが、行成は、喜びよりも焦りの方が大きかった。これだけは誤解されたくない思いで言った。

「私は、昇進のために、彰子様の立后に力を尽くしたわけではありません」

するとと道長は、鼻で笑った。

「誰もそうは思うまい」

「そんな……」

「皆、行成殿の一帝二后は、昇進のための秘策と思っているぞ」

「違います。そういうつもりで……」

「そういうつもりでなかったとしても、結果としてそうなるのなら、素直に喜べ」

「私はただ、主上の想いと、定子様と彰子様のお苦しみを……」

「そのような、人の心など、後の世の者には何も伝わらぬ」

「な……」

「後の世に残らぬことに、こだわる必要があるか？　一帝二后がこの世にもたらしたものは、彰子が中宮となった事実であり、男子が生まれれば、彰子は国母となれるということ。そこに絡みついた人の心など、いずれ誰もが忘れ去る」

何も言い返せない行成に構うことなく、道長は続ける。

「定子様は、間もなく産み月であろう」

定子は、第三子の出産にそなえて三条宮、平生昌邸に下がっている。そのことと、道長の言いたいことが、行成の中ではすぐには繋がらなかった。

だが、次に続いた道長の言葉に、凍りついた。

「ご無事に、生まれるとも限るまい。さすれば、敦康親王は、中宮彰子様がお育てしよう」

もし、お産で命を落とせば、どうなるか。皇位継承権を持つ敦康親王は、誰が引き取るのか。

そこまで道長は見据えているというのだろうか。

頰を引き攣らせる行成を一瞥もせず、道長は白銀の星々を見上げていた。

三

それは、静かな明け方だった。

(まだ夜が明けていないのか)

行成は、目覚めるとあたりを見回した。部屋はしんと静まり返っていて、傍らで眠る奏子もかすかな寝息を立てている。

新造内裏遷御から、早くも二か月が経ち、十二月も半ばとなっていた。年末の諸行事を滞りなく進めるのも、蔵人頭になって六年目ともなれば、もう慣れたものだった。

諸事の目処《めど》をつけ、三条の邸に帰った行成は、奏子と夕餉をとって共寝した。

眠っている奏子の横顔を、薄闇に慣れた目でしばし眺めた。いつもなら、夜明け前に目が覚めても、再び微睡《まどろみ》に落ちるのに、なぜか目が冴えていた。

（月が出ているからだろうか）

月の光が、蔀戸《しとみど》の隙間から漏れている。

せっかく月が出ているのだ。なんだかこのまま床《とこ》の中にいるのが、もったいないような気がした。奏子を起こさぬように、そっと床を抜け出す。枕元に脱ぎ散らした奏子の萌黄色の袿を摑み取る。それを肩に掛けると、月を見ようと簀子縁まで出た。

もう夜明けは近いのか、月は西に傾いていた。

（冬の月は、冴えて美しいな）

「行成様」

奏子の声がして、振り返った。

「すまぬ、起こしてしまったか」

奏子は「いえ」と小さく首を振った。そうして、行成の隣に立つと、月を見上げた。

「なんだか、美しすぎて怖いくらいですね」

行成は頷き返して、奏子の肩を抱き寄せた。

「体を冷やすぞ」

一つの袿で、二人の体を包み込む。奏子は気恥ずかしそうに笑むと、行成に身を預ける。

そのまま奏子とともに、月を眺めた。

愛する人と、こうして月を眺める。ありふれた幸せが、心を満たしていく。

帝は、こんなありふれた幸せすら、許されぬ場所で生きている。

（いや、帝に限ったことでもないのかもしれぬ）

この世に生きるすべての者は、己の置かれた場所で、それぞれの叶わぬ想いを抱えて生きている。手にしたと思った幸せも、抗《あらが》えぬ運命を前にすれば、砂塵《さじん》のごとく吹き消える。繰り返す「今日」を生きるのにやっとで、気づいた時には、大切にしていたものを失うこともあろう。

そう思ったら、なんだか隣に奏子がいることが、奇跡のようにすら思えて、奏子の肩を抱く腕に、おのずと力がこもった。

「ままならぬことばかり」

行成の呟きに、奏子が小首を傾げた。

「この世は、ままならぬことばかり。優しいだけではどうにもならぬ。そう思ったら、なんだか、奏子を失ってしまうのではないかと、怖くなった」

奏子は、行成の腕の中で、言った。

「けれど、そんな世だからこそ、優しさを見失わぬ人が、真《まこと》に強き人なのだと、私は、思います」

そうして、奏子は、行成の胸に頬を寄せた。

「中宮様……いえ、皇后様は、もう産み月にございましょう」

「ああ。ご無事に御子をお産みになられたら、新造内裏にも還御できるであろう」

「そうなれば、本当に一帝二后にございます」

「うむ」

三条宮、平生昌邸から、定子が内裏に還御した時が、本当の意味で内裏の中に二人の后が並び立つ状態となる。

奏子は改めて行成を見つめて言った。

「定子様も彰子様も、そして生まれくる御子様も、すべてが傷つかぬように。蔵人頭として、一帝二后を支えていかれませ」

今さらながら、そんなことが、不器用な己にできるのだろうか、という思いに襲われそうになる。それを察したように、奏子はしっかりと頷き返した。

「どんな時も、優しさを見失わぬ行成様になら、成し遂げられます」

その時、不意に、月影が差した。

奏子もそれに気づいたのか、不安そうに言った。

「月に、叢雲《むらくも》が……」

冴え輝いていた月を、二筋の雲が挟んでいた。

「あれは、歩障雲《ほしょううん》……」

行成は、思わずその言葉を口にしていた。奏子が「それは……」と怯えたように首を振る。それ以上は言ってはいけない、と奏子の目が言っていた。

歩障は、葬列の棺《ひつぎ》を蓋《おお》う布のことだ。一筋の雲は歩障の暗喩《あんゆ》とされた。

奏子の怯えた目が、行成が思っているのと同じことを言っていた。

——月は、皇后の象徴——

「急ぎ、内裏に参る」

「そうなさいませ」

奏子も頷くと、行成の束帯の支度に急いだ。


惟弘を供に、行成を乗せた牛車が内裏に向かっていると、大路の途中でそれを阻《はば》む者がいた。

牛車が止まり、惟弘と男の声が問答をしている。怪訝に思った行成は笏で御簾をめくった。一刻も早く内裏に参内したい。

「何事だ」

「は、左大臣道長様の家人と申す者が、これは行成様の牛車であるかと」

惟弘の返事に、行成は御簾の隙間から、牛車を呼び止めた男を見やった。

「いかにも、蔵人頭藤原行成である」

すると、男は丁重に低頭して言った。

「左大臣道長様が、土御門邸に蔵人頭をお招きにございます。行成様のお邸に向かう途上、この牛車に気づき、お呼び止めした次第」

「いったい何用か。私は、急ぎ、参内せねばならぬ」

「それは、勅にございますか？」

男は鋭く切り返した。帝の命で内裏に向かっているのか、と聞かれ、行成はやや怯《ひる》んだ。

「……勅ではない」

ただ、月にかかる歩障雲を見て不吉に思ったから、に過ぎない。

すると、男は言った。

「では、左大臣様の命にお従いくださいませ。まずは、土御門邸に」

それ以上は言い返せなかった。ここで、左大臣道長を相手に揉め事を起こすのも厄介になるだけだ。取り急ぎ、土御門邸に行って、道長の用件を聞いて、内裏に向かうのが、最も間違いがないだろう。

行成は、惟弘に「土御門に車を回せ」と命じた。惟弘はちらりと行成の顔色を窺って「かしこまりました」と宣った。

土御門邸に着くと、行成は、道長の居室に通された。

そうして、道長が命じた言葉に、啞然とした。

「大宰府より進上された絹百疋《ひき》を、皇太后詮子様がご所望だ。手配を頼む」

そんなことを言うために使者を寄越したのか。と言いそうになるのをぐっと飲みこんで言った。

「ご用件はそれだけにございましょうか」

「あと、今宵から、皇太后詮子様に仕える夜居《よい》の僧を変更する」

日中の通常の参内をしている時に頼めば事足りる。わざわざ、未明に行成を呼びつけた意味がわからない。思い当たるとすれば、一つだった。

「道長殿も、歩障雲をご覧になったのですか」

道長は「見た」と短く答えると、立ち上がった。そうして、簀子縁まで出ると、夜明けの空を見上げて言った。

「もう間もなく、夜が明ける。あの月は、新しき朝がくる兆しであろう」

道長がそう言った時、道長の家人が慌ただしく駆けてきた。

家人は、道長の前に駆け入るなり口上した。

「たった今、三条宮にて、皇后定子様ご出産！　姫宮様にございます！」

その言葉に道長は、何も答えない。家人は立て続けに言った。

「しかしながら、後産《のちざん》が下りず、皇后定子様、ご危篤《きとく》！」

行成は立ち上がった。今すぐ内裏へ参らねばならない。

「これにて失礼いたします！」

行成は道長の背に向かって言うと、急ぎ退室しようとした。すると、道長が「待て」と言って振り返った。満面の笑みだった。

「まこと、新しき朝がくるぞ」

行成は、ほとんど睨みつけるようにして言い返した。

「まさかとは思いますが、皇后様のお産を呪……」

「そのようなことを言って、どうするつもりだ」

「どうする……」

「呪われていようがいまいが、皇后はもう死ぬ。新しき朝を迎える者たちが、そなたのような大臣でもない、公卿ですらない、蔵人頭ごときの世迷言《よまいごと》を信じるであろうか」

行成は、口を引き結び、込み上げてくる怒りをぐっと飲みこんだ。

こんなところで諍って時を潰している場合ではない。そう、己に言い聞かせるように言った。

「私は、大臣でもない、公卿ですらない。それでも……私は、橋を架ける鵲であることに、後悔はありません」

道長には、行成が何を言っているのかわからなかっただろう。困惑の混じった嘲笑を浮かべるのみだった。

それでもよかった。己の想いを、言葉を、本当にわかってほしい人は、道長などでは、けっしてないのだから。

行成が内裏に到着すると、すでに蔵人所が慌ただしかった。

「行成様！」

行成の参内に気づいた宿直の蔵人が、駆け寄ってきた。

「皇后定子様、姫宮様をご出産されたものの、後産が下りぬとのことです！」

「聞いておる。主上は、このことは」

「宿直の者より伝えております。ただちに勅命により祈禱の者を送りました」

行成はそれを聞くと清涼殿に向かった。後産である胎盤《たいばん》が出てこなければ、母の命が危ない。

そのことは、出産を経験している奏子から聞いたことがあった。

行成が清涼殿に上がると、帝が広廂に立ち尽くしていた。

「主上！」

ほとんど駆け寄るようにして御前まで行くと、跪いた。

「行成……」

夜明けの薄明かりに、蒼白の顔が行成を見ていた。その頬に、涙が伝い落ちた。

行成の姿を見た途端、こらえていたものが溢れ出て止まらなくなったかのように、涙はとめどもなくこぼれ落ちていく。

「主上……？」

帝は、声を震わせた。

「定子は、すでに、死んでしまった……」

「まさかそんな……蔵人所では、後産が下りぬと！」

「そなたより先に、三条宮にやった勅使が戻ったのだ。定子は、定子は……」

それ以上が言えず、帝は崩れ落ちるように膝をついた。

行成は、その震える肩を抱きしめた。

抱きしめることしかできない己が、悔しいくらい無力だと思った。

それでも、泣き震える肩を抱きしめる腕の力を、ゆるめることはできなかった。今はただ、悔しいくらいに無力だからこそ、この腕の力だけは、この人を支えていたかった。

四

定子の死から十一日が過ぎた十二月二十七日、降りしきる雪は、年の瀬も迫った都を、真っ白に染め上げていた。

浅黒《あさぐろ》色の袍に身を包んだ懐仁は、雪の降り積もる清涼殿の庭を見ていた。

この浅黒色の袍は、帝の喪服である錫紵《しゃくじょ》だ。着付けをしてくれた行成が、傍らに黙って控えている。真っ白な清涼殿の庭に目を細め、懐仁は呟いた。

「こんな朝は、雪が降り積もっている……」

その呟きに、行成は、何のことかと懐仁を見た。懐仁は「いや、今はもう、遠い日のことだ」と力なく言った。

雪の降り積もった朝……かじかむ手を取り合って、定子と二人、清涼殿の庭を眺めた。簀子縁の欄干も、竹の葉も、檜皮葺の屋根も、そして目の前で微笑む定子も、この目に映るすべてが、透きとおって煌めいていた。

(あんなに綺麗な清涼殿は、初めてだった……)

一人で見る景色と、何もかもが違った。

ありふれた景色を煌めかせてくれる定子は、この世からもう、淡雪のように消えてしまった。

懐仁は込み上げる涙をこらえて、片手で目を覆った。

「定子の葬列は、もう鳥辺野《とりべの》へ向かう頃だろうか」

「さようにございます」

傍らの行成の答えに、懐仁は「そうか」と頷いた。そのまま、定子が葬られる鳥辺野を思い、東の空を見上げた。

帝は、葬送には立ち会えない。

帝は、けっして、死穢には触れてはならない。いついかなる時も、清浄な存在でなければならない。

「今ほど、帝であるこの身を脱ぎ捨てたいと思ったことはない」

「主上……」

愛する者の臨終にも、葬送にさえも、立ち会えぬ。

（この胸に押し込めた感情を、いったいどうすればいいのだろうか）

その想いの行き先を求めるように、雪が舞い落ちる空を見つめた。鈍色の空色は、尼削ぎの黒髪を揺らしていた定子の袿と同じ色だった。

「この深雪《みゆき》は、朕の行幸《みゆき》だ」

その言葉は、深く白い吐息となり、鈍色の空に溶け込んでいく。

せめてその想いだけでも、葬送に寄り添ってほしかった。

終章
歌を想う時

葉からこぼれる光が眩しいから、木下闇《このしたやみ》は深くなるのか。

葉影が作る白昼の闇を、一歩一歩と踏みしめる。先を行く案内の若者が、時折、こちらを振り返る。萎烏帽子に色褪《いろあ》せた直垂《ひたたれ》姿の若者は、声を張った。

「行成様、もう間もなく、月輪《つきのわ》にございますれば」

行成は無言のまま頷いて返す。下手に声を発すれば、息が上がっているとわかってしまう。

平安京の大路を離れてから、東山《ひがしやま》の稜線《りようせん》を横目に見ていたはずだが、いつの間にか、山道に足を踏み入れているらしい。「これより先は、道が細くなります」と遠回しに牛車の下車を促され、「すぐにございます」と誘われた細道は、想像以上に鬱蒼《うつそう》としていた。

（かような坂で息が上がるとは。私も、年だな）

行成は吐息をついて、梢を見上げた。葉を透かす陽光が、薄緑の葉色と重なり合う。その光に目を細め、衣の袖で額の汗をそっと拭う。

年だな、と思って、そうだろう、と小さく笑う。

あの日……一条帝が崩御《ほうぎょ》された時、己は四十歳であったのだから。

「主上……」

あれから何年経ったか。そう考えて、やめた。

行成は、蔵人頭から参議に昇進した後も、兼侍従《じじゅう》として側仕えを続けた。そうして、危篤となった帝に、最期まで伺候した。

*

七歳で即位してから二十五年、長年の心労が積もり重なったのだろう。三十二歳で病に侵された帝は、瞬く間に病状を悪化させた。

帝は臨終の床で、辞世《じせい》の句を詠んだ。


――露《つゆ》の身の　風の宿《やど》りに　君を置きて　塵《ちり》を出《い》でぬる　事ぞ悲しき――


帝は、傍らに控えていた行成を見た。

そのまなざしだけで、行成には帝が何を欲しているのかわかった。

枕元の水差しから碗に水を注ぐと、帝はかすかに頷いた。碗の水を口に含ませようと、帝の体を抱き起こした。その体があまりに軽くて、行成の目に涙が込み上げてきた。

（こんなに、痩せて……）

病み衰えるには、あまりに若すぎる。

そう思いかけて、帝のまなざしの中にある静寂に気づいた。

この人は、ようやく、背負い続けた荷を下ろすのだ、と。

今、行成の腕の中で微笑むのは、帝という重圧から解き放たれた「懐仁」だった。

〈懐仁として、藤原行成を信じてみたかった〉

初めて陪膳をつとめた夜の言葉が、帝のまなざしと重なって、もう涙をこらえることができなかった。落涙する行成に抱きかかえられ、一杯の水を口にした帝は「最も、嬉しい」と微笑んだ。

「主上……」

涙で声を詰まらせた行成に、帝は、微笑みはそのままに、震える声で囁いた。

「朕は、何のために、生きてきたのだろうか」

それが、行成にとっての、帝の最期の言葉だった。

＊

「行成様、この先の庵《いおり》にございます」

案内の若者の声で、思索が途切れた。石段がゆるやかに延びる先に、小さな庵が見えた。ところどころ崩れた石段を上り切ると、白つつじの花が咲いていた。花の香りに誘われて、淡い青色の羽の蝶《ちょう》が舞っている。

そこに、蝶と同じ淡青色の袿を纏った、清少納言が、立っていた。

事前に送った使者から、行成が訪ねることを聞いていたのだろう。清少納言は行成の姿を認めると、変わらぬ笑みを浮かべて言った。

「お待ちしておりましたよ、蔵人頭」

かつての官職を呼ばれ、懐かしい日々が、静かに押し寄せる思いがした。行成は、しいて明るい声で言い返した。

「いつの話だ？　清少納言」

その名を呼ばれた彼女が、ほんの少し泣きそうな顔をしたのは、気のせいではないだろう。

「清少納言……何年ぶりでしょう、そう呼ばれたのは」

「私の方こそ、蔵人頭など、いつ以来か」

「今のご官職は？」

「権大納言《ごんだいなごん》だ。己にしては、よくやったのではないか」

己にしては、という部分に込めた意味を察したのか、清少納言は寂しそうに笑んだ。

定子の亡き後、行成は、残された敦康親王を支えるために、親王家の長官も兼任したのだ。

しかし、中宮彰子の産んだ敦成《あつひら》親王が後一条《ごいちじょう》帝となった今では、道長が摂政となり、道長の息子や縁者たちが高位の官職を占めている。そんな中で、定子の遺児を支え続けた行成が昇進していくことは、この先も難しいだろうとわかっている。

行成は、気持ちを切り替えるように言った。

「それにしても、変わりない様子で、安心した」

「嘘をおっしゃいますな。真っ先に、私の白髪《はくはつ》に目を留めたでしょう」

「見た目はお互い様だろう」

「それもそうですね」

気づけば、二人はかつての口調になっていた。

一条帝の蔵人頭「藤原行成」と、一条帝の皇后、定子に仕える女房「清少納言」。それぞれ、帝と皇后の信を得て、宮仕えに邁進《まいしん》していた頃の二人に戻っていた。

今はもう、それぞれの生きる場所は違う。

けれど、過ぎ去った日々の場所は同じなのだ。

「こんなところで長話をしてしまいましたね。どうぞお入りください、行成様」

清少納言に促され、行成は庵に上がった。

小さな庵の簀子縁で、改まって向き合う。小間使いの女童が、白湯の入った碗を行成に差し出して、奥へ去っていく。行成は目礼をしてから、白湯を一口飲んだ。山道を歩いた体に潤いが染みわたる。

どこからともなく、風に乗った花びらが、行成の碗に舞い落ちた。

「桜はもう終わったのだと思ったが」

「ええ、この庵の裏に、桜がほんの少し、咲き残っているのです」

花の風が、二人の間をそよいでいく。

行成は、碗に浮かぶ花びらを見て、ぽつりと言った。

「桜が人になったなら、きっとこんな人だろうと思ったよ」

清少納言は、何のこと？　と目で問うた。

「定子様に初めて会った日、そう思ったのだ。手の届かぬ美しさというのだろうか。己の場所から は遥かに高みに立っている姿が、本当に桜のようだと思った」

「それ、まさか、北の方様に言ったりしていないでしょうね」

「え？」

「それ以上の、嫉妬させる褒め言葉はありませんよ。行成様は鈍いですから、堂々と、語ったりしていそう」

「して、いないと思う」

行成は応えながら、寂しく笑った。

「できるものなら、今すぐ、妻に話したいくらいだ」

「それは……」

行成の抱える思いを察したのだろう。清少納言は、視線を下に落として「余計なことを言いましたね」と言った。

妻の奏子とは、行成が三十一歳の時に死別していた。定子が亡くなってから二年ほど後のことだった。死因は定子と同じ、お産だった。

出産を間近に控えた頃、赤痢《せきり》に罹ったのだ。

衰弱した体がお産に耐えられぬと悟った奏子は、出家を望んだ。行成は、奏子が極楽往生できるように、というせめてもの想いで出家を許した。髪を下ろし「釈寿《しやくじゆ》」という名を与えられた奏子は、痩せ細った体を行成に預けて言った。

〈釈寿、と書いてくださいませ〉

行成が紙に「釈寿」と書くと、奏子は微笑んだ。

〈ああ、行成様の字は、音色のよう〉

行成は、涙をこらえて、笑顔を作った。

〈奏子だからそう思うのではないのかな〉

それが、奏子と過ごした日々の、最後の思い出だった。

奏子を想いながら、行成は、清少納言に言った。

「妻を、お産で失うのは、夫としてこれ以上の悲しみはない」

愛したがゆえに、死なせてしまったようなものだ。孕ませなければ、死ななかったのだから。

「主上も、定子様を失った時、こんな気持ちだったのかと、我が身のことになって、ようやくわかったよ」

清少納言は、黙って耳を傾けてくれていた。

悲しみを受けとめる長い沈黙の後、先に口を開いたのは清少納言だった。

「そろそろ、ここを訪ねた理由をお聞かせくださらないかしら。そんな妻ひとすじのあなた様が、ようやく私の魅力に気づいた、とは思えませんけど」

その言葉に、行成は、涙が滲んだ目を、ふっと笑ませた。

そういう人なのだ、この人は。

言葉によって場を鮮やかに変えてしまう。この才覚に、定子は、幾度、救われたことだろう。

そう思った時、行成の口から、あの歌がこぼれ出た。

「露の身の　風の宿りに　君を置きて　塵を出でぬる　事ぞ悲しき」

清少納言は「それは……」と、わずかばかり戸惑いの表情を見せた。

それは、亡き帝の辞世の句。

「君を置いて穢れた世を去ることが悲しい。……この歌の本当のご意思は、何だったのだろうか」

「本当の、ご意思？」

「この歌を聞いた人は、誰しも、中宮彰子様に向けて詠まれた歌だと言う」

行成の発した「彰子」の名に、清少納言の表情が曇る。過ぎ去りし日が疼き出すのを抑えるかのように、清少納言はひどく落ち着いた声で返した。

「私も、そう思っていますよ。……この世に残される、中宮彰子様に向けた惜別《せきべつ》の歌だと」

中宮、という言葉に力が入っていた。

中宮という呼称は、皇后に与えられるもの。そしてそれは、本来は、定子に与えられていたものだった。兄、伊周の失脚によって定子が没落し、彰子という存在が現れるまでは。

定子が中宮の座を失い、不遇の死を遂げるまでの日々を、清少納言は支え続けた。

眩い光に満ちた場所で、木下闇の深さを、彼女は見たのだ。

その闇の中で、夜明けを信じる鶏であり続けた者に、どうしても、伝えたい想いがあった。

そのために、ここまできたのだ。

(私は、橋を架ける鵲なのだから)

行成は深く息を吸うと、言いきった。

「私は、この歌が彰子様に向けた歌だとは、思えない。それを、そなたには、どうしても伝えたかった。だから、こうして訪ねたのだ」

「どういうことですか?」

行成は、帝の最も信頼する側近として、その死に寄り添った。御身《おんみ》を抱き支え、末期《まつご》の水を捧げたのも、行成だった。

帝が病悩していた間、左大臣道長が、次の東宮を、定子の産んだ敦康親王ではなく、彰子の産んだ敦成親王にするべく、血眼《ちまなこ》になって駆けずり回っていたのを、行成は、憐れみにも似た目で見ていた。

道長は、今度は己が二物も三物も失ってしまう番だ、と恐れていたのだろう。与えられるがまま、二物も三物も得ている存在は、何かの拍子に、その二物も三物も失ってしまえばいい。傍流から這い上がった道長は、すべてを手に入れた後、今度は己がその立場になったことに気づいたのだ。

行成には、この歌が彰子に向けた歌だとは、どうしても思えなかった。

「主上は、私に、囁かれたのだ。〈朕は、何のために、生きてきたのだろうか〉と」

そんな言葉を、震える声で吐露《とろ》した青年が、この世に残した歌。

この歌の本当の想いを、わかってあげたかった。

「この歌は、亡き定子様に捧げた歌なのだ」

「行成様が、歌が苦手なことは存じておりましたけれど……」

解《げ》せぬ、と言わんばかりの表情で、清少納言は見ていた。

「歌に込められた、本当のご意思を、そなたに伝えたいのだ」

ややむきになって言い返すと、清少納言は、微笑んで頷く。

「ならば、その、本当のご意思とは、何なのか。お話しくださるかしら」

「定子様の辞世の句、それをそなたは覚えているだろう」

「もちろんです」

清少納言は、一呼吸置くと、定子の辞世の句を詠んだ。


――煙《けむり》とも　雲ともならぬ　身なりとも　草葉《くさば》の露を　それとながめよ――

（私は、煙にも雲にもなりませんから、草葉の露を眺めてください）


行成は頷き返して言った。

「私は、歌は苦手だ。歌が苦手な者が、想像したと思って聞いてほしい」

行成の前置きに、清少納言は「はあ」と訝《いぶか》しそうな顔をする。行成は続けた。

「定子様の歌は〈露となって、あなたのそばにいます〉という帝への想いだった。そうだとしたら？」

「露となって、あなたのそばにいます……」

清少納言はそう呟いてから「あっ」と小さく声を上げた。

清少納言の心にも、帝の辞世の句が思い浮かんだだろう。

――露の身の　風の宿りに　君を置きて　塵を出でぬる　事ぞ悲しき――


行成はその歌意を、言葉にした。

「露となった君を置いて、ままならぬこの世を去ることが悲しい」

清少納言は、声を潤ませて言った。

「そうだとしたら、これは……恋歌ですね」

もうこの世では逢えぬ二人が露に託した、恋の歌だった。

碗に落ちていた花びらが、悪戯っぽく風に舞い上がっていく。

行成と清少納言は、その花びらを目で追った。

青空に、清少納言は清々《すがすが》しい表情で言った。

「行成様、ここまで、よく辿り着きましたね」

清少納言が言うのは、平安京の行成邸からの遠さではないだろう。行成は、頷いた。

「ああ、そなたの居所くらい、突き止められる」

「そういうことを、深い意味もなく言うのはよくないと思います。私とて女ですよ」

「それは……つまり、どういうことだ？」

清少納言は、眉根を寄せる行成を睨んだ。

「鶏の空音の時と、同じです」

（もしかして、怒っているのか？）

本当は、もう誰とも関わりたくなどなかったのかもしれない。定子が亡くなった後、仕えていた女房は寂しい暮らし。そう思われたくなくて、誰にもこの場所は告げなかったのかもしれない。それを、こうして宮仕えを終えてから何年も時を経た頃に、踏み入られたことを、不快に思っているとしても、おかしくはあるまい。

「怒ってはいませんよ」

心の中を見透かしたように言われ、行成はどきりとする。

「どうしてわかったのだ」

「あなた様を見ていれば、わかります」

その言葉に、行成は「そうか」と微笑んだ。

歌を想う時、あの日を想う。

そうして、今の想いを、歌にそっと重ねる。

「行く春の〈行〉に、名を成すの〈成〉か……」

――こうぜい――

あれから、いくつの春が行っただろう。そして、己は、何を成しただろう。

（その答えは、きっと、どこかで見てくれている人の中に、ある）
名残《なごり》の花が舞い上がる空にはもう、夏が訪れる気配がしていた。

主要参考文献

『人物叢書 新装版 藤原行成』黒板伸夫 吉川弘文館
『人物叢書 新装版 一条天皇』倉本一宏 吉川弘文館
『人物叢書 新装版 清少納言』岸上慎二 吉川弘文館
『藤原行成「権記」(上・中・下)』倉本一宏 全現代語訳 講談社学術文庫
『枕草子(上・中・下)』上坂信男・神作光一・湯本なぎさ・鈴木美弥 全訳注 講談社学術文庫
『枕草子』清少納言 佐々木和歌子 訳 光文社古典新訳文庫
『朝日選書957 枕草子のたくらみ「春はあけぼの」に秘められた思い』山本淳子 朝日新聞出版
『朝日選書820 源氏物語の時代 一条天皇と后たちのものがたり』山本淳子 朝日新聞出版
『日本古典文学全集25 神楽歌 催馬楽 梁塵秘抄 閑吟集』臼田甚五郎・新間進一 校注・訳 小学館
『日本古典文學大系3 古代歌謡集』土橋寛・小西甚一 校注 岩波書店
『新訂増補 新装版 國史大系 第十八巻 宇治拾遺物語 古事談 十訓抄』黒板勝美編 吉川弘文館

『別冊太陽 日本のこころ287 有職故実の世界』八條忠基 監修 平凡社
『歴史文化ライブラリー224 平安京のニオイ』安田政彦 吉川弘文館
『歴史文化ライブラリー570 平安貴族の仕事と昇進 どこまで出世できるのか』井上幸治 吉川弘文館
『増補版 藤原道長の権力と欲望 紫式部の時代』倉本一宏 文春新書
『文春学藝ライブラリー 歴史29 殴り合う貴族たち』繁田信一 文藝春秋
『地図でスッと頭に入る平安時代』繁田信一 監修 昭文社
『新版 かさねの色目 平安の配彩美』長崎盛輝 青幻舎
『風俗博物館所蔵 日本服飾史 男性編』井筒雅風 光村推古書院
『風俗博物館所蔵 日本服飾史 女性編』井筒雅風 光村推古書院
『四季と五節供』八條忠基 監修・執筆 井筒グループ企画 株式会社井筒
『よみがえる平安京』村井康彦 編集 京都市 企画 淡交社
『新総合図説国語 新訂版』池内輝雄・三角洋一・吉原英夫 監修 東京書籍

この作品は書下ろしです。

佐藤 雫
（さとう・しずく）

1988年、香川県生まれ。「言の葉は、残りて」（「海の匂い」を改題）で第32回小説すばる新人賞を受賞してデビュー。著書に『言の葉は、残りて』『さざなみの彼方』『白蕾記』『花散るまえに』がある。

行《ゆき》成《なり》想《そう》歌《か》

2024年12月30日　初版1刷発行

著者　佐藤《さとう》　雫《しずく》
発行者　三宅貴久
発行所　株式会社 光文社
〒112-8011　東京都文京区音羽1-16-6
電話　編集部　03-5395-8254
書籍販売部　03-5395-8116
業務部　03-5395-8125

組版　萩原印刷
印刷所　堀内印刷
製本所　国宝社

落丁・乱丁本は業務部へご連絡くだされば、お取り替えいたします。

ISBN978-4-334-10518-1